별에서 온 소년

자가마을

『별에서 온 소년』은 오래전

신동아 논픽션 당선작『레퀴엠』을

애도하는 뜻에서

각색한 작품입니다.

이향영 팩션소설　　별에서 온 소년

그녀는 전류가 사랑을 끊어놓았던 그날, 꽃잎이 바람에 흩날리는 모습에서 영혼의 흔적을 보았다. 꽃잎은 나비의 날갯짓처럼 눈부셨다. 꽃송이가 해체된 잎이 한 장 한 장 바람에 날아오르는 광경은 꽃의 춤사위 같았다. 아니, 꽃의 영혼이었다. 어디로 가는 것인지, 사람의 혼이 긷는다는 히늘로 기는 걸까. 그래서 꽃은 자기의 때가 되면 생과 사를 반복하는 자연의 이치로 실존하게 되는가. 하지만, 소년은 다시 피지 못할 꽃이 되었다. 성장의 계절에 동백꽃으로 떨어졌기에. 그녀의 애도는 부활을 꿈꾸는 소망의 꽃이 되었다. 그건 누구도 개입할 수 없는 그녀의 몫이고 믿음이었다.

이향영 Lisa Lee

이향영 팩션소설

별에서 온 소년

먼 길을

무덤을 등에 업는다. 호흡이 없는 분신이다. 재ash가 된 유해다. 수원연화장에서 유해를 분골쇄신으로 끝냈다. 작은 상자에 담기 위해 뼛가루를 흰 종이 위에 쏟아붓는다. 겉모양이 투명한 유리창 너머로 눈에 들어온 광경이다. 그녀의 피와 살이 요동친다. 세포 하나하나가 반란을 일으키며 전율한다. 하얀색 보자기로 싼 유골을 흰 면장갑을 낀 직원으로부터 건네받아 가슴으로 안는다. 어릴 때 더블 에이치(Heart와 Heart 두 사람의 심장이 겹치는 포옹)로 인사하자며 그녀의 품에 달려와 안기는 걸 좋아하던 그를 그리워하며, 얼굴을 유골 상자에 묻는다. 그녀의 가슴뼈도 검은

가루가 된다. "그래, 너와 난 결국 망해가 된 더블 에이치로 다시 해후한 거다."

"잘 모시고 가십시오."

그녀는 목이 메어 말이 입술 밖으로 나오지 않았다. 혀가 입천장에 닿아 점 하나 찍고 숨이 막혔다. 가슴에 저릿한 파동이 인다. 뱃속에서 낳은 자식을 다시 가슴속 깊이 안는다. 가슴팍에 형상이 없는 풍선 무덤 하나가 생겨났다.

함께 일을 봐준 형제와 친척들이 고마웠다. 그렇다고 그들의 위로가 도움이 되진 않는다. 주검의 잔영은 아무리 가까운 사이라도 지켜보기가 고통스러운 법이다. 그들에게 그토록 버거운 심적 부담을 주고 싶지 않았다.

그녀는 서울 사는 친구의 소개로 도곡동 아파트를 3주 동안 빌린다. 3주간의 삶에 필요한 모든 것이 갖추어져 있었다. 책상과 화장대, 싱글 침대 두 개와 이불, 편하게 앉을 소파, 옷장, 부엌살림 일체, 그리고 티브이와 인터넷 설치도 되어 있다. 친척집에 불편을 끼치는 것보다 훨씬 편리하고 자유로웠다.

그녀의 올케 마리아가 부산에서 상경했다. 남동생의 아내다. 올케는 3주 동안 밥을 해주려고 고추장 간장 된장을 준비해왔다. 마리아는 자기가 직접 담근 고추장과 된장을 시누이가 좋아하는 것을 알고 오밀조밀 꾸려왔다. 올케의 손맛은 환상적이다. 그녀는 여러 번 마리아가 끓인 된장국으로 고향의 감흥에 취한 적이 있다. 편하게 받아먹으며 손위 시누이의 위치를 누린 적도 있다. 못난 시누이에게 올케는 항상 헌신적이다. 마리아는 그녀의 수족처럼 붙어 다니며 여러 가지 일을 돕는 날개 없는 천사다.

그녀의 일이라면 늘 발 벗고 나서 가족처럼 도와주는 용인에 사는 권 목사의 인도로 이장예배가 끝났다. 용인 공원묘지의 일꾼들이 무덤을 파고 흙을 뒤지며 유골을 집어 올린다. 마리아는 시누이의 팔을 꼭 붙잡고 있다. 여러 해 전 장례식 때 그녀가 혼절한 것을 기억하고 있었다. 마리아는 눈을 지그시 감는다. 유골을 보는 게 끔찍했을 터이다. 시부모도 아닌 시누이 일로 버겁고도 처참한 꼴을 보이게 해서 그녀는 참으로 미안했다. 올케는 눈을 감은 채 계속 기도로 헌신한다.

주검의 피와 살과 나무관은 이미 흙으로 돌아가고 흔적이 없었다. 수년의 세월에 남은 것은 머리칼과 건강한 유해뿐이었다. 그것이 죽음이 보여주는 실체였다. 존재의 결국은 그렇게 될 것을 왜 욕망의 집착으로 힘들게 살았을까. 금지옥엽으로 키운 자식이 썰물처럼 빠져나간 자리에 허망이 가슴 바닥으로 밀물되어 스며들었다.

"선생님들, 유골을 한 점도 남김없이 찾아주세요."

"네. 염려하지 마십시오."

땀 흘리며 수고하는 일꾼들에게 저승길의 노잣돈을 더 놓아 드렸다. 그녀 자신의 생명과 뼈 같은 유골을 건져 올리는 것은 그들의 손이다. 작업하는 분들의 손이 천금처럼 귀하게 느껴졌다. 그 귀한 손에 가슴의 정성을 표현할 길은 그것밖에 없다는 듯 선한 마음을 베풀었다.

그녀는 뼈들을 살살 쓸어 어루만진다. 가슴의

피가 계속 요동쳤다. 피의 거친 숨결이 혈관을 타고 손끝으로 흐른다. 그녀는 자기의 피가 신의 기적이 되어 유골 속에 스며들어 어긋난 뼈들이 자리를 잡아 일어났으면 하는 간절한 심정이다. 그녀는 가슴이 저리고 시려서 하늘을 올려다본다. 말이 없는 용인공원묘지의 하늘은 잿빛이다. 산새 한 마리 그녀의 머리 위로 맴돌다 날아간다. 폴의 영혼이 그녀에게 인사하고 가는 걸까.

그녀는 권 목사의 승용차로 수원연화장으로 향한다. 차 안은 한동안 주검처럼 조용했다. 무거운 침묵이 흘렀다. 권 목사는 운전하며 그녀를 위로한다. 그 어떤 위무도 그녀의 귀에 들리지 않는다. 차창 너머에 전개되는 자연의 전시장 같은 푸른 나무와 숲, 연화장으로 가는 길옆에 그림처럼 누워 있는 호수도 그저 무심코 지나갈 뿐이다.

수원연화장에 도착한다. 다비 과정은 그녀의 동생이 맡았다. 용인 처인구청에서 이장 신청을 보고할 때 들었던 말을 수원연화장에서 똑같이 듣는다. 윤달이 있는 5월이면 바빠서 며칠 전 예약은 불가능하단다. 윤5월이 아닌데도 구청이나 연화장은 붐볐다. 병원에 가면 수많은 환자가 있듯. 화장터에는 끊임없이 사람의 목숨이 한 점 가루와 연기로 사라져가고 있었다. 곳곳에서 가족을 잃고 오열하는 대성통곡이 마치 짐승의 비명처럼 들렸다. 울음은 슬픈 꽃잎이 되어 연화장 안으로 날아다녔다.

"사모님네는 행운이세요."

직원이 개장유골 화장 증명서를 발급해주면서 그렇게 말한다. 직원의 친절은 그 평범히지 않은 일을 치르기 위해 연화장을 찾은 이들의 마음에 위로를 주려고 애쓴다. 긴장된 마음을 조금은 느슨하게 해준다. 직원이, 지정된 3호실이나 대기실에서 기다리며 화면을 놓치지 말고 점검하라고 자상히 일렀다.

분향실 : 3호.
고인 명 : 폴 유빈 리.
삼가 고인의 명복을 빕니다.
수골 중인 유가족은 분향실로 오십시오.

화면의 글을 확인하는 순간 그녀의 심장에 면
도날이 회를 치듯 지나간다. 미국에서 자란 소년
이 왜 수원의 화장터에 와 있단 말인가. 그녀는
갑자기 넋 나간 사람처럼 멍청해졌다. 마리아가
오른팔을 잡고 부축한다.

　그녀의 일행은 분향실 3호로 간다. 윤5월이 아
니라서 다소 조용하다고 하는데, 분향실 1호부
터 8호실까지 꽉 찼다. 분향실마다 눈물바다였
다. 통곡의 강이 지칠 줄 모르고 흔들리며 거친
소리로 흐르고 있었다. 울음소리가 없는 곳은 3
호실뿐이다. 개장유골의 다비라, 막 임종한 주검
을 화장하는 것과는 경우가 달랐다. 세월의 차이
가 순간순간 올라오는 감정의 고비를 잘 견디게
했다. 울컥울컥 올라오는 슬픔을 잠재울 수 있는
게 시간과 세월이란 말대로 신비한 약이었다. 오
랜 세월 끝에 다져진 정신력이 가끔은 말을 잘
듣기도 하는 편이었다.

　분향실에서 예배 의식이 진행된다. 권 목사가
요한계시록의 말씀을 읽고 그녀를 위로해 준다.
권 목사는 30년 전이나 현재나 항상 따뜻한 분

이셨다.

"죽음은 끝이 아니라 새로운 시작이다….."

그녀는 폴의 영혼이 평안을 누리도록 기도한다. 고인의 영혼은 이미 오래전에 안식에 들었다고 믿었지만. 물론 형식상의 절차에 불과한 의식이었다. 형식을 통해 그녀의 마음이 순간순간 위안이 된다. 권 목사의 말씀 중에 그녀는 갑자기 엉뚱한 생각이 떠올랐다. 불교에서 말하는 환생과 윤회란 어떤 것인가. 죽은 사람의 영혼이 다른 사람의 몸을 입고 다시 태어날 수 있는 것일까. 폴의 영도 다른 사람의 태에 들어기 출생이 가능한 걸까. 그럼 누군가의 태를 빌려 이 땅에 다시 태어났을까. 아니면 어느 외계에서 살고 있을까.

그녀의 마음은 저능아처럼 엉뚱한 생각으로 분주했다. 올케가 그녀를 흔들자 정신이 돌아온다. 함께 슬픔을 나눌 골육과 지인이 있음은 보화보다 귀한 게 아닌가. 특히 남편의 누나를 위해 지극 정성을 다하는 마리아가 더없이 고마웠다. 시누이의 일이 정말 저렇게 가슴이 아플까. 고맙다가도 문득문득 쳐들어오는 의문이 고개를 들어 올케의 표정을 살핀다. 시누이의 상처를 통해 자기의 아픔이 위무가 된다면 다행일 터이다. 사실 올케는 그녀에게 친여동생같이 아껴야 할 소중한 사람이다. 시어머니는 일찍 타계하시고 안 계신다. 호랑이 훈장이라 불리는 까다롭기로 소문난 서당 훈장이셨던 시아버지를 오랫동안 잘 섬겨준 그야말로 보배 같은 존재가 올케이다. 가톨릭 신앙이 마리아를 선량한 사람으로 만들었을까. 아니면 천성이 착한 사람일까. 올케는 기도하는 사람이다. 그런데 별난 시누이 아니랄까, 그녀의 예민하고 의심 많은 성격은 시도 때도 없이 변덕이 죽처럼 생각을 끓게 한다. 올케와 동생을 미워하면 결국 자기의 가슴이 더 아픈 것을 알면서도 그녀는 바보처럼 미움이란 단어를 버릴 줄 몰랐다. 사랑으로 품어야 할 형제가 싫은 것은 그녀의 깊은 상처 때문일 터이다. 상처투성인 사람은 쉽게 남을 보듬을 줄 몰랐다. 참척이란 슬픔이 준 우울증 같은 질병이 그녀를 그렇게 만들 수도 있었다.

유해를 가슴에 안고 3주간 빌린 도곡동 아파트로 돌아온다. 다년 전 장례식 때처럼 기절하지 않아서 다행이라 생각된다. 정신을 잃으면 그녀를 아끼는 사람들이 얼마나 더 고생하게 될까. 쇠줄처럼 정신을 움켜잡는다. 생각할수록 쓰러지지 않았다는 사실이 참으로 다행이었다.

그녀는 아들의 유골을 옷장 속에 숨겼다. 답답하겠지. 그러나 땅속보다는 덜하겠지. 입속말을 씹으며 동생 부부의 눈에 들어오지 않는 곳을 택했다. 백색 보자기에 씌인 망해를 보고 가슴 아파할 동생 부부를 배려해서이다. 나름대로 신경을 썼으나 올케와 동생의 얼굴이 불편해 보인다. 동생 부부는 그녀의 무너진 가슴을 생각하며 무거운 표정들이다. 하긴 아픈 사람보다 지켜보는 사람이 더 고통스러울 때가 있지 않은가. 마치 치매 환자를 돌보는 가족들처럼 말이다. 날카로운 그녀의 심사를 건드리지 않으려 애쓰는 눈치들이다. 부부는 서로 눈치만 살피며 별말이 없었다.

그때였다. 마리아의 핸드폰과 동생의 휴대폰 전화가 약속이라도 한듯 동시에 울린다. 서울에 사는 동생의 두 딸에게서 온 전화였다.

"그래 일 잘 마쳤다. 저녁에 고모에게 인사하러 온다고? 형님, 첫째가 인사하러 온다는데요. 어떻게 할까요?"

"응, 오라 그래."

"둘째도 오겠다는데."

이번에는 동생이 묻는다.

"룸도 복잡한데 한 번에 한 명씩 오라고 하지."

오랜만에 만나는 조카들이건만 반갑지 않다는 투의 말이 튀어나온다. 솔직한 심정으로 아무도 만나고 싶지 않았다. 그녀는 심중을 감추지 못하는 미숙한 자신이 싫을 때가 많았다. 오래 떨어져 있던 엄마 아빠가 보고 싶어 오겠지. 고모한테 인사는 무슨, 모두가 귀찮았다. 동생 부부는 딸들과 손자가 보고 싶겠지. 생때같은 자기 새끼는 죽어서 한 줌의 재가 되어 옷장 안에 갇혀 있는데, 조카들이 온다고 뭐가 그리 반가울까. 아무도 그녀의 찢어진 가슴을 이해하지 못하겠지.

화기애애한 분위기로 맞아주지 못해 미안했다. 그렇다고 깊은 슬픔이 들어앉은 가슴을 숨기고 활짝 핀 장미처럼 웃을 수도 없었다.

그녀의 마음엔 궂은비가 내리고 있다. 울음보가 터질 듯 슬펐다. 아무도 없다면 짐승처럼 소리 지르며 울고 싶었다. 그녀가 행복해야 주변에 햇살처럼 환한 기쁨을 나눠줄 수 있을 텐데. 마리아의 딸들이 오는 것이 싫었다. 그녀 속에 감춰져 있던 아픔의 고름 주머니가 터져 새어나오기 시작한다. 향기롭지 못한 말들이 냄새를 풍기며 수없이 튀어나오려고 다투어 야단들이다. 곱게 화장시켜 말을 해야 하는데 그러지 못해 애써 견뎠다. 오지 말라고 할 수 없기에. 부모와 자녀는 오랜만에 상봉하겠다는데, 나이 든 고모가 차가운 얼음이 될 수는 없었다. 동생 부부가 화장 일을 도와준 고마운 것만 생각하며 꾹꾹 참아냈다.

마리아의 큰딸이 왔다. 묵직한 성격의 동생은 반가워하는 표정이 없다. 마리아는 슬픔의 바위처럼 앉아있는 시누이 앞에서 팔불출의 모습을 여지없이 드러낸다. 딸들 자랑과 사위들 자랑이 모자라 손자들 자랑까지 끝이 없다. 그 순간 부모의 타계 소식을 접하고도 웃기는 일을 계속해야 하는 코미디언처럼 됐으면 좋겠다는 생각이 들었다. 그런데 그들의 기분을 맞추어줄 그런 기분이 못 되었다. 물론 슬픈 얘기보다는 좋지만, 가슴에 자식을 묻은 시누이, 그녀의 아들이 유골이 되어 지금 옷장 속에 숨겨져 있는데 좀 지나치다 싶었다. 남도 아닌 가족의 슬픔 위에 자기 자식의 자랑만큼은 좀 참아 주길 바랐다. 사람은 누구나 자신이 겪어보지 않으면 남의 고통을 이해할 수 없는 법이지. 그녀는 인내하며 자기를 다스리려고 애썼다.

　모녀는 한 침대에서 잤다. 그녀가 조카딸과 같은 침대를, 마리아와 동생이 한 침대를 사용하라 제의했지만 사양했다. 신경이 예민한 그녀를 불편하게 하면 깊은 잠을 못 잘 거라는 배려에서일까. 동생은 남자라고 신사도를 발휘한다. 올케와 함께 상경한 후 동생은 계속해서 바닥에서 잔다. 자기 아내와 누나가 침대 하나씩 편히 차지하게 배려해주었다.

좁은 공간에서 서로가 주고받는 공해는 견디기 힘들었다. 코 고는 소리, 방귀 소리, 이 가는 소리, 변기 물 내리는 소리 등. 이 모든 불편함도 그녀의 마음이 즐거우면 아무런 문제가 되지 않을 일이었다. 혈육을 귀중히 여기고 감사해한다면 나쁜 공해도 꽃향기와 신나는 음악으로 받아들일 수 있으리라. 그런데 도저히 그렇게 되지 않았다. 남편과의 사별과 아들의 죽음 등 온갖 역경을 겪으며, 깊게 파인 상처로 인해 그녀의 성격이 구제불능인 게 틀림없었다.

옷장 속에 자식의 유골을 두고 동생 가족을 잘 대해주기가 쉽지 않은 일이었다. '난 신이 아냐' 그녀는 부처나 예수나 성모마리아가 아니라고 자기를 위무했다. 마음이 갑자기 다양한 색깔로 변덕을 부리며 동생 가족 모두가 미워졌다. 싫었다. 잠재의식에 구멍이 뚫렸는지 켜켜이 쌓인 찌꺼기들이 자꾸만 터져 나오려 했다. 참으려니 영혼까지 괴로웠다. 우울증이나 정신분열증이 아닐까 두려운 생각이 순간순간 엄습해왔다.

그녀의 그늘진 얼굴 탓인지 조카딸은 아침을 먹자마자 도망치듯 떠났다. 올케와 동생도 어서 부산으로 돌아가 줬으면 하고 바랐다. 모두가 다 싫었다. 한 공간에 있는 것이 즐거움이고 기쁨이 돼야 하는데 고역이었다. 변덕스러운 날씨처럼 기분이 스스로 감당할 수 없을 만큼 기복이 심했다. 무의식의 세계가 폭발했다. 마음 바닥에 납덩이처럼 내려앉았던 것들이 말이 되어 터져 나오기 시작한다.

"너희들 아니라도 권 목사님 모시고, 나 혼자서 얼마든지 이장 화장을 할 수 있는데…. 너희들 눈에 내가 바보 푼수 철따구니 없는 아이 같아 보이니? 난 미국이나 영국에서도 홀로 살아온 노하우가 있어. 내 나라 내 땅에 왔는데 길을 잃을까 봐. 그따위 동정심 같은 건 싫어. 너희 부부와 조카들 동정에 내 꼴이 더욱 비참하게 느껴지거든. 그러니 앞으로는 내 걱정 그만해. 걱정 끼치는 것도 내겐 부담이야. 너희들 앞에 갈기갈기 찢어진 내 인생이 처량해서 더는 견디기 힘들어. 차라리 낯선 사람들이 더 편하거든. 사촌이 논을 사면 배가 아프다던데, 반대로 내 가정이 몰락했으니 고소하냐?"

아들의 유골을 옷장 안에 감추어둔 어미의 가슴에는 오뉴월에 찬 서리가 내린다. 자식을 가슴에 묻은 사람 앞에서 자기 자식들 자랑이라니…. 속이 완전히 뒤집혔다. 마음속에 켜켜이 쌓인 상처들을 내뱉으며 그녀는, 자기 자신을 교묘하게 들어내며 쏘아댔다. 예상 못했던 회오리이고 억지였다. 듣는 사람이야 황당했겠지만, 그녀는 덧난 상처가 조금은 치유되는 것 같았다. 상처는 드러내어 말을 해야만 치유가 된다던 정신신경과 의사의 말이 기억났다. 그래서인지 멍든 가슴이 한결 가벼워진 느낌이었다. 동생 부부는 그늘진 얼굴로 침묵하고 있었다. 망해와 한방에 사는 불쌍한 여인이라 생각하는 눈치였다. 평소 같으면 따지거나 고함을 버럭 지를 텐데, 죽은 아들의 덕을 톡톡히 보는 것 같았다.

이곳저곳 뛰어다니며 고생한 동생 부부가 아닌가 말이다. 정말 고마워하고 다정히 형제애를 나누며 살아도 짧은 인생인데 후회가 올라왔다. 시시각각 종잡을 수 없는 돌개바람이 일어나 동생 부부에게 상처를 주어 부끄럽고 미안했다. 침묵이 왜, 왜 안 될까. 혀를 깨물고 싶었다. 한번 썰물처럼 빠져나간 말은 방목되어 대해로 흘러갔지만, 동생 부부의 가슴속엔 못으로 박힐 일이다. 말은 엎질러진 물처럼 되돌릴 수 없는 것을 알면서 자꾸만 저지르는 것이 말의 실수이다. 무의식 속에 어릴 때부터의 겹겹이 쌓인 상처가 있기에 화살처럼 올라오는 걸 막을 수 없었다.

"아무래도 내가 이상하지? 벌써 여러 차례 너희들이 고마웠다가 밉고, 좋다가 싫고 그렇다. 가벼운 상태가 아닌 아주 심각한 것 같아. 형제애를 끊고 싶은 것은 아주 심한 것이지? 가까운 병원에 가서 검진을 한 번 받아봐야 할 것 같지 않니?"

그게 사실이었다. 동생이 혓바닥을 양치질할 때 내는 소리에도 헛구역질이 날 정도였다. 역겨

워 견디기가 거북했다. 양치할 때마다 곁에 있는 사람의 처지를 헤아리지 못하는 동생이 인격과 교양 없는 사람처럼 느껴졌다. 몹시 싫었다. 사소한 일도 미움으로 번졌다. 깊은 상처를 풀어낼 대상도 없이 오랫동안 혼자 살아온 탓일까. 그녀는 속으로 반성하며 동생 가족을 사랑하려 애썼다.

그녀의 어머니는, 4남매 중 막내인 동생을 가장 귀히 생각하셨다. 동생의 양말을 밟지 못하게 하셨고, 누워 있는 머리맡으로 치마를 펄럭이며 시나다니지도 말리 히셨다. 남자이기 때문에. 그녀는 자기도 모르게 상처의 나무를 키우며 살았던 것 같았다.

어릴 때 동생은 그녀의 홍시나 곶감 떡 등을 자주 빼앗아 먹었다. 누나이면서 무엇이든 빼앗겨야 했고 태권도 연습한다면서 곧잘 그녀를 차는 통에 자주 얻어맞아 많이 울었다. 동생은 모든 것을 뺏으려는 존재라는 의구심이, 어릴 때부터 잠재의식 밑바닥에 상처의 나무로 자라고 있었

던 모양이다. 한 번씩 부닥치는 일이 있으면 잘
못 자란 갈등의 나무는 그때그때 즉시 잘라내고
화목의 나무로 갈아 심어야 했다.

  그녀는 동생을 미워하고 시기해야 하는데 그
렇지 않았다. 어머니처럼 동생을 끔찍이 아꼈다.
어머니처럼 동생을 사랑하자. 귀한 인격으로 대
하자. 동생의 존재만으로 감사하자. 지금은 이
땅에 계시지 않아 직접적인 효도는 불가능하다.
대신 부모님의 분신인 형제자매와 우애 있게 지
내는 것이 곧 부모님께 효도하는 길일 터이다.
그처럼 아름다운 일이 또 어디 있겠는가. 부모님
의 혼백도 기뻐하시리라. 그렇게 생각하며 아낌
없이 사랑했다. 그런데 최근 몇 년째 그녀의 성
격은 본인이 감당하기 버겁도록 비정상으로 변
화되었다. 정신상태를 진찰받으려면 병원을 찾
는 길이 최선이다. 회색으로 변질되어 가고 있는
누나가 걱정되었는지 동생이 묻는다.

  "누나, 강남세브란스병원이 이곳에서 가까우
니까 가서 정밀검사 한번 받아보자."

  "네. 형님, 그러세요."

마리아와 동생은 진심으로 그녀를 걱정한다. 동생은 병원에 전화를 건다. 미국에서 잠시 방문 중이라 시간이 많지 않으니 빠른 검진프로그램이 있느냐고 묻는다.

"형님이 검진받으실 때 당신도 같이 받아보세요."

남편의 건강을 끔찍이 챙기는 마리아였다. 올케는 젊고 건강한 편이나 동생은 지병으로 시달리는 형편에 있었다.

"그래, 이참에 모두 같이 받자."

"형님, 저는 검시받았어요."

마리아는 거절했고 동생은 수락했다. 저녁부터 장을 비우는 작업에 들어갔다. 화장실이 하나이기에 누나와 동생은 경쟁하듯 화장실을 드나든다. 남매는 사랑하는 올케 앞에서 체면이 바닥으로 떨어진다. 꼴이 말이 아니었다. 갈등을 바닥까지 드러낸 엉망진창의 교양 없는 남매가 되었다.

저세상으로 먼저 떠나간 남편과 아들에게 미안했다. 가족을 모두 잃고 혼자서 병원 검사까지

받아 끝까지 살아남겠다고 버둥대는 자신의 꼴
이 비참했다. 그녀는 동생 부부와 망자에게 죄스
러운 마음이 더해졌다.

몸 관찰

오전 8시 강남세브란스병원에 도착한다. 어제 준비물 받으러 왔을 때는 보이지 않던 그림이 눈에 들어온다. 별관 쪽으로 가는 복도 왼편의 벽 전체에 커다란 추상화가 걸려 있다. 강렬한 원색이 화려한 조화를 이루고, 선의 흐름에 힘이 느껴졌다. 다가가서 화가의 이름을 확인한다. 이두식 화백의 작품이다. 마음에 감동을 준다. 그녀는 그림에 푹 빠져 산 적이 있다. 당시였으면 망설임 없이 짐을 챙겨 이두식 교수를 찾아가 가르쳐달라고 했을 터이다.

그들은 별관 4층으로 올라간다. 엘리베이터에서 내리자마자 건강증진센터라는 글자가 눈에 띈다. 유리문 가까이 다가가자 자동으로 문이 열린다. 어제 만났던 안내자가 친절히 수속을 담당해준다. 친절은 어두운 마음을 환하게 열어주는 마스터키 같다.

간호사가 성명을 호명한다. 그녀는 빠르게 일어났다. 머리부터 발끝까지 검진을 받으려고 각 과를 찾는다. 수면 상태에서 상부위장관 내시경이 시행된다. 당시에는 통증을 몰랐으나 조직검사를 위해 살점을 떼어낸 자리가 조금 아팠다. 위장에 이상이 생긴 것 같아 조직검사를 했단다. 대장에서 선종성 용종을 제거했다고 한다. 종합건강검진을 받는 데 총 6시간이 소요됐다. 미국 같았으면 약 2개월쯤 걸리지 않을까 싶기도. 미국의 병원 시스템은 예약해놓고 기다리는 시간이 길다. 앞으로 검진이나 수술받을 일이 있으면 꼭 한국에 나오고 싶었다. 종합건강검진 결과는 5일 후에 나왔다. 그게 믿어지지 않았다. 빨라서 참 좋았다. 미국 같으면 역시 1개월쯤 걸리지 않을까. 자꾸만 비교하게 된다. 병원이 깨끗하고 의사와 간호사는 친절했다. 모든 게 마음에 들었다.

마리아 부부와 그녀는 각과의 담당의를 만나서 설명을 듣는다. 의사 앞에 앉을 때마다 마치 죄인이 판결을 기다리는 것처럼 두렵고 떨렸다. 죽음을 초월했다고 생각한 적이 있었다. 어느 날 저세상으로 불려가야 한다면 사랑하는 가족이 그곳에 다 있으니 기쁜 마음으로 가겠다고 노래를 불렀었다. 그런데 실제로는 그렇지 못했다. 검진받으면서 생에 애착이 많은 자신을 발견하게 된다. 병에 걸리지 않고 하늘나라에 있는 자기 가족의 몫까지 더 열심히 살고 싶다는 이유를 만든다.

의사가 망막 정밀검사를 해보는 게 좋겠다고 권고한다. 안압이 상승하면 녹내장이 올 수 있다고 한다. 녹내장, 판정된 결과는 아니지만 올 수 있다는 가능성을 의사가 비추었다. 마음이 무거워진다. 눈이 나빠지기 전에 꼭 쓰고 싶은 글이 있다. 많은 사람이 자기의 체험을 특별하다고 생각하듯, 그녀 역시 그랬다. 그녀는 자기의 경험을 쓰고 싶었다. 켜켜이 쌓인 상처를 부끄러움 없이 드러내면 진정한 치유와 자유를 얻을 수 있기 때문이다. 그리고 그녀의 체험이 단 한 사람 누군가에게 위안이나 도전이 된다면 치부쯤이 문제가 되겠는가. 그건 큰 보람이고 기쁨이 될 터이다. 성경에서 많은 사람이 자기의 치부를 드러내어 회개하고, 절대자의 큰 축복을 받지 않던 가. 그녀는 자신의 부끄러움을 드러내어 남을 위로하는 게 그분이 진정 기뻐하실 것이란 생각이 들었다.

오래전 하와이에 계신 박대희 목사님 댁에 초대받아 간 적이 있다. 그 당시 임 집사란 분이 목사님 내외분 앞에서 "목사님! 유빈이 어머니의 책은 요즘 저에게 성경보다 더 위안이 되어요." 라며 핸드백에서 『하늘로 치미는 파도』라는 그녀의 책을 꺼내 보이던 생각이 떠올랐다. 임 집사도 그녀처럼 대학생 외아들을 잃은 같은 처지였다. 혹여 그녀의 글이 어디엔가 응모해서 당선된다면 얼마나 좋을까. 임 집사 같은 분이 읽게 되어 위무를 받을 수 있을지 모른다는 생각에 그녀는 더 열심히 쓰고 또 썼다.

망막뿐만 아니라 그녀의 몸속 곳곳에서 온갖 현상이 일어나고 있었다. 그녀가 염려하던 정신 건강은 환경이 가져온 충동적인 현상일 뿐 특별한 이상이 없다고 한다. 얼마나 다행인가. 그런데 갑상샘에 이상한 이물질이 발견되었다. 조직 검사 결과가 갑상샘암이었다. 그녀는 담담히 받아들였다. 표현은 하지 않았지만 속으로 참 다행이란 생각이 스쳤다. 사랑하는 가족들이 먼저가 있는 평화의 나라로 갈 수 있다는 게 기쁨으로 느껴졌다가, 다시 순간순간 두려운 생각이 스며들 때가 있었다.

　이 세상에는 그녀보다 더 악조건에 있는 사람들이 많다. 한순간에도 수많은 생명이 죽어가고 있지 않은가. 아직 고통이 없는 병을 염려할 필요는 없지 않은가. 앞으로 밝은 태양처럼, 해바라기처럼 활짝 웃음꽃으로 살고 싶다. 마음 편하게 살면 어떤 질환도 치유될 터이니까.

　지금까지 많은 시간을 상실의 상처에 짓눌려 살았다. 그녀가 파놓은 동굴 속에 갇혀 밤마다 와인을 퍼마시며 잡히지 않는 어두운 그림자를 안고 몸부림쳤다. 이 땅을 떠난 가족을 남몰래 그리워하며, 발전이 없는 폐쇄적인 괴로움으로 아까운 시간을 낭비하며 살았다. 그토록 힘들었던 과정을 통과하는 동안 자기 몸을 혹사시켰던 생각을 하면 오늘의 검진 결과는 별것이 아니란 생각이 든다. 고통 없는 양호한 현재에 자꾸만 감사를 더 하고 싶었다. 어떤 암도 초기에는 아무런 증상이 없다는 것을 알면서도.

동생의 종합건강검진 결과는 더 좋지 않았다. 그녀와 비슷한 종류의 낭종이 갑상선에 여럿 있었고 신장에도 이상이 있었다. 8년 전 신장 하나를 절제했는데, 나머지 하나에도 낭종이 있다고 한다. 무엇보다 걱정이 되는 게 동맥경화였다. 심장혈관이 여러 곳에 막혀있었다. CT 촬영한 사진을 컴퓨터로 해석해 알게 된 결과다.

그녀야 홀로이니 언제 떠난들 남겨둔 사람이 걱정돼 눈 못 감을 일이 없었다. 하지만 동생은 사랑하는 아내와 자녀들과 손주들이 있잖은가.

동생은 건강하게 오래 살아야 한다. 동생의 건강 검진 결과를 보고 그녀는 동생이 측은했다. 며칠 전에 교묘하게 퍼부었던 게 뼛속 깊이 후회가 됐다. 앞으로 동생을 미워하지 않겠다고 다짐한다. 미움의 파장이 화살처럼 동생의 삶 속으로 날아들면 안 될 일이기에. 동생의 병이 깊어지면 그녀는 더 고통스러워질 터이다. 동생 부부를 사랑하겠다고 마음에 다짐했다. 많이 아주 많이 더 사랑해 주어야지.

마리아와 동생이 부산으로 내려갔다. 동생 부부를 위해 축복을 빌었다. 때때로 천사 같은 마리아 부부를 힘들게 한 그녀는 자신이 미웠다. 동생 부부가 떠난 자리는 텅 빈 웅덩이 같은 공허가 맴돌았다. 함께 있을 때는 버거워 빨리 가라 했다가, 막상 떠나고 나니 다시 부르고 싶도록 보고 싶고 허전했다.

홀로 있는 시간에는 잦은 불청객이 찾아온다. 외로움과 우울증이란 반갑지 않은 손님들이다. 이들이 수시로 마음의 깊은 곳을 노크해댄다. 어두움의 세력들이 접근하지 못하게 긍정적인 자

세로 미움을 받아도 좋다고 패기를 키운다. 그녀
는 누구의 눈치도 볼 필요 없는 자유로운 여인이
다. 파란 자유를 하늘 높이 누릴 수 있는 영혼의
날개가 있지 않은가. 마음과 시간의 자유가 풍요
로우니 최고의 부자가 아닌가 말이다. 푸른 날개
를 펴서 훨훨 날아다니자고 스스로 자신을 다독
인다.

풍경

　미국에 들어가기 전 용인에 있는 에버랜드에
갔다. 그녀는 오랜만에 아들과 데이트하기 위해
옷장 속에 있는 아들의 유골을 꺼낸다. 상자를
넣은 백팩을 등에 멨다. 모처럼 아들이랑 데이트
하는 날이다. 유빈은 엄마의 등에 업혀 좋아한
다. 그들은 온종일 에버랜드에서 즐긴다.

　소년은 어릴 때 좋아했던 호랑이와 사자 원숭
이, 그리고 물개 쇼도 재미있다고 한다. 플로리
다의 디즈니월드나 로스앤젤레스의 디즈니랜드
보다 더 좋단다. 고개를 들어 가까이 있는 산을
둘러본다. 산세마저 정겹게 품어주듯 초록 팔을
벌려 안아 준다. 헐벗고 메마른 로스앤젤레스의
산을 보다가 한국의 신록이 풍성한 산을 보니 마

음마저 푸르러 온다. 그녀는 한참 숲을 바라본다. 푸른 잔디나 나뭇잎을 자주 보면 눈 건강에 좋다던 의사의 말이 떠올랐다. 그렇지 않아도 천국의 낙원이 지구에 내려와 앉은 것같이 평화로운 산세를, 눈에 좋다니까 보고 또 바라본다. 아무리 보아도 싫증이 나지 않는 게 자연의 아름다움이다.

수백 가지의 녹색으로 단장한 푸른 그림이 병풍처럼 둘러쳐진, 산속의 에버랜드에서 그녀는 걷고 또 걷는다. 디즈니랜드와 디즈니월드에 갔을 때 그들은 타는 것을 두고 의견충돌로 티격태격했었다. 이곳에서는 그럴 일이 전혀 없다. 아들은 조용히 엄마의 등에 업혀있으니까. 하지만 다툴 일이 태산 같아도 유빈이가 엄마의 손을 잡고 곁에 있었으면 얼마나 좋을까. 그녀의 긴 한숨이 길 없는 담배 연기처럼 허공으로 흩어진다.

유빈이 보고 싶어 등에 업은 백팩을 어린아이 업은 것처럼 한 번 두 번 들썩여 본다. 엄마 등에 업혀있으니 좋지. 폴 유빈 리는 대답하지 않는다. 말이 없어도 괜찮다. 그녀 친구의 외아들은 유럽 여행 중 실종이 되어 수십 년 넘게 소식이 끊겼다. 유해도 거두지 못해 속상해하는 친구의 입장과 비교하면 그녀는 얼마나 행복한 엄마인가 자부한다. 하지만 아들의 유해를 거두지 못한 친구에게 미안하다는 생각이 들었다. 그녀는 아들을 등에 업고 아들이 어릴 때 좋아했던 곳을 다닐 수 있는 게 기쁨이라고 억지를 부렸다.

그런데 한국에 사는 친척 중에 죽은 자식이 있는 이가 있다. 그들은 자식을 앞세운 것을 큰 죄로 생각하고 있었다. 마치 자기 죄 때문에 아들을 앞세운 것처럼. 아미도 유교 풍습에 젖은 한국의 문화 때문일 것이다. 죽음의 원인이 자연사나 병사, 사고가 아니면 우울증으로 인한 자해일 수도 있는데, 참척은 모두가 부모의 죄라고 치부하는 게 너무나 안타까웠다.

그녀는 소년이 못 견디게 그리웠다. 백팩에서 분골을 꺼내 나무들의 뿌리에 비타민처럼 아끼며 조금씩 뿌린다. 왜냐하면 미국에 가서 전 세계를 폴과 같이 여행하면서 가는 곳마다 뿌리려면 아껴야만 했다. '아가야, 나무와 함께 싱싱히

자라거라.' 초록이 우거진 에버랜드 숲에서 나뭇가지에 새들이 앉아 노래를 부르면 너의 영혼도 안식을 취하리라. 모자가 지나간 자리와 나무마다 지워지지 않을 추억의 풍경을 심었다. 그녀의 가슴 빈터에도 향기로운 소년의 숲을 키우리라는 엉뚱한 생각이 스치었다. 아들의 넋이 새가 되어 나뭇가지에서 노래 부를 수 있도록.

그녀는 생명 없이 잠든 아들을 업고 여러 곳을 다닌다. 아무도 모르는 사람들 속에서 아들을 등에 업고 마음 편하게 다니고 싶었다. 그래서 동생 부부가 빨리 가주기를 바랐던 게 아니었던가. 새벽에 성당에서 미사를 드리고 나오다가 정원의 성모마리아상 앞에 고개를 숙이고, 아들의 영혼을 안식하게 해달라고 묵념의 기도를 바친다. 성모마리아상 양옆에 있는 꽃나무와 소나무에도 마음의 분골로 비타민을 뿌린다. 폴의 영혼이 도곡동 사리 공원 용인 에버랜드 성모마리아상 태평양 아니 온 우주에 수많은 별처럼 바람처럼 구름처럼 걸림 없이 어디에고 존재하리라.

분골

묵상하고 있다. 아주 조용히. 아무리 업고 다
녀도 말썽을 부리지 않는 착한 유빈이다. 일찍이
자기의 소명을 다했고, 너무 선량하고 착해 그분
이 하늘나라로 데려간 아들. 그런데 인천공항에
서는 아니었다. 자동 엑스레이 기계가 소년의 유
골을 포착한다.

"상자 속에 있는 것이 뭡니까?"

"유골입니다."

"사망신고서와 화장증명서 보여주십시오."

사망신고서와 며칠 전 수원연화장에서 받은 개
장유골 화장증명서를 꺼내 보인다. 수원연화장
을 생각하니 유빈이보다 하루 뒤에 화장된 노무
현 전 대통령이 저절로 연상된다. 얼마나 괴로웠

으면 수많은 선택 중 하필이면 죽음의 길을 결정했을까. 그런데 어떤 이유에도 불구하고 산 생명을 스스로 포기한다는 것은 아니 될 일이었다. 사회에 본이 될 수 없는 일이지 않은가. 고통으로 치자면 그녀는 수천 번도 더 죽었어야 했다. 결혼해서 얼마 안 되어 남편을 사고로 잃었다. 살림도 넉넉지 않았다. 그녀도 함께 따라가려고 했었다. 절체절명의 끝에 서 있는 게 어떤 고뇌인지 어떤 심정인지 누구보다 잘 아는 그녀다.

참으로 미련했던 그녀는 동생에게 자기 아들을 양자로 입적해 달라고 부탁한 적이 있다. 동생 부부는 냉혹하게 거절했다. 조카를 양자로 들이면, 누나가 남편을 따라 죽을 것이라 직감했던 게다. 동생 부부 덕분에 그녀는 악착같이 더 잘 살려고 애썼다. 그녀는 소년에게 큰 잘못을 한 것이다. 그가 자라서 엄마를 미워하고 원망해도 사랑으로 받겠다는 다짐을 한다. 아들을 이 땅에 버려두고 혼자 편한 곳으로 갈 생각을 했던 순간이 씻을 수 없는 죄였다. 잠시나마 어리석었던 마음을 자책했다. 남은 생은 소년이 생전에 노숙자를 돕는 일을 중고등학교 때부터 사명으로 했던 것처럼 봉사하며 살아가자고 결심한다.

　그녀는 아들이 아빠 없는 자식이라고 놀림을 받으며 자라게 하고 싶지 않았다. 엄마는 아들의 교육을 위해 미국으로 이민을 갔다. 살고 있던 집을 정리하고 미국으로 가는 일에 모든 걸 투자하는 모험을 했다. 생각할수록 대단한 용기였다. 아들을 위해서라면 무서울 게 없는 그녀였다. 자기의 모든 것, 생명까지도 자식을 위해 바치고 싶은 게 엄마의 소명이다. 소년은 그녀의 전부였다. 자신보다 더 소중한 보물이었다. 쳐다만 봐도 아까울 그런 아들이었다. 소년이 살았을 때나 죽은 후에도 그녀에게는 같은 존재다. 미국에는 먼저 떠난 자녀를 위한 부모들 모임이 있다. 그 단체는 아픈 사연이 있는 부모들을 돕는 모임이다. 그녀도 그 단체의 일원이었다.

　모든 사람의 생명과 고통이 직위에 따라 다르지 않은가. 누구에게나 고통은 동등하다. 죽은 사람은 고통을 모르리라. 슬프고 괴로운 것은 살아 있는 유족들의 몫이다. 노무현 전 대통령의 죽음을 생각해봤다. 전 국민이 다 아는 사회에 크게 알려진 입장이라 유가족이 얼마나 더 힘들까. 남편과 아버지를 잃고 날개 빠진 아픈 가슴으로 살게 될 유가족들에게 그 당시 동병상련의 애도를 보냈다. 어떻게든 견디어 승리하는 삶을 살기를, 그녀는 티브이를 보면서 유족의 평안을 마음속으로 빌었던 기억이 났다.

　두 번째 엑스레이를 통과할 때도 같은 질문을 받는다. 그녀가 같은 서류를 보이며 같은 대답을 한다. 마지막 세 번째는 엑스레이가 아닌 몸을 수색하는 검사였다. 비행기를 타기 바로 직전 온몸과 핸드백, 백팩과 노트북 등을 꼼꼼히 뒤진다.

"이게 뭐죠?"

여승무원이 묻는다.

"유골입니다."

그녀는 담담한 어조로 대답한다.

"아, 네. 죄송합니다. 실례지만 누구신데요?"

"조상님!"

말끝을 흐렸다.

죽은 가족은 모두가 조상이 된다고 어느 스님이 하셨던 말이 기억나서다.

"네. 잘 모시고 가십시오."

"감사합니다. 그런데 유골을 모시고 비행기 타시는 분들이 가끔 계시나요?"

"글쎄요. 저는 처음 보는 일이에요."

직원의 미소에 그녀는 가볍게 고개로 답하고 비행기에 탑승한다. 소년은 밥 달라는 말을 하지 않는다. 화장실을 가겠노라고 하지 않고 보채지도 않는다. 살아 있었을 때처럼 자기 고집이 없다. 그렇게 얌전한 소년과 함께 미국에 도착한다. 작은 무덤이 된 소년을 다시 등에 업는다. 친구 없이 혼자는 연수를 가지 않겠다던 아들이었다. 가기 싫다고 무거운 얼굴을 보였던 소년이었다. 하지만 폴은 건승한 몸으로 이곳 로스앤젤레스 공항을 떠났다. 건강했던 그를 서울대학교에서 감전사로 잃고 재가 된 아들을 데리고 돌아온다. LA 공항에는 아무런 제재가 없었다. 세관 통관 때도 조사는 받지 않았다.

"내 아가야! 우린 미국에 다시 왔어."

"난 다 알아요, 엄마!"

"그래 알겠지. 넌 영혼으로 존재하니까."

"땡큐, 맘. 용인에 있을 때보다 좋아."

독백 같은 무언의 대화가 큰 위무가 된다. 소년은 그녀의 등에 업혔으니 다시 엄마의 어린 아기로 되돌아온 터이다.

무겁고 슬픈 표정을 지으며 인사를 차리는 형식적이고 불편한 관계는 만들지 말자. 그래서 아무에게도 알리지 않는다. 공항에 마중 나온 사람이 없는 게 오히려 다행이라 생각하니 자유롭고 편했다. 택시를 탄다. 유골과 함께하는 여행인데도 그녀는 폴이 곁에 있는 것처럼 든든했다. 말 못하는 자식이라도 사랑하는 아들과 함께 있는 게 좋다고 생각하며 견뎠다.

그녀는 사랑을 등에 업고 집에 도착한다. 미켈란젤로가 늦게 작업하다 미완성으로 남겨진 '론다니니 피에타'가 떠올랐다. 예수가 마리아를 업은 모성을 형상화한 조각이다. 그녀는 업었던 사랑을 내려 테이블 위에 자리를 마련해준다. 도착하자마자 가까운 친구에게 전화한다. 즉시 배달로 보내준 붉은 장미 바구니와 쇠고기 육포 그리고 초콜릿을 유골 앞에 놓고 촛불을 켠다. 살아서 왔으면 맛있는 음식을 푸짐하게 차려줄 것을 이게 무슨 꼴이람. 안타까워 긴 한숨을 몰아쉬며 영혼의 안식을 빌었다. 수목장을 할 것인지, 바다장을 할 것인지 아니면 엄마 곁에서 평생을 존재하게 할 것인지. 그녀는 가슴으로부터 어떤 답도 얻을 수 없었다. 일단 집에 왔으니 바쁘게 서두를 필요가 없었다. 시간을 갖고 후회하지 않게 생각한 뒤 결정하기로 마음먹는다. 소년이 그토록 바리던 대평양으로 보내줘야 하겠지만, 엄마 곁에서 잠자듯 있어도 괜찮겠다는 마음이 생겼다. 오래도록 곁에 두고 싶은 게 그녀의 애착이다.

태평양으로 보내 줘

뭐가 있는 곳을 못 가서 가슴이 아팠다. 유빈을 용인공원묘지 높은 산자락에 토장한 후 오랜 세월을 불편과 갈등에 시달렸다. 언니와 조카들이 대신 다녀오면 고마움과 미안함이 동반되었다. 하긴 인간관계 자체가 갈등이니 무엇이든 당연하게 받아들여야 했다. 그러나 때로는 난감한 일들이 일어나기 일쑤였다. 그것은 스스로 감당해야 할 그녀의 삶이고 몫이었다.

소년의 장례식은 1992년 8월 초 서울대학교에서 치뤄졌다. 그녀는 해마다 추모식을 위해 서울을 방문할 때였다. 10년째 되던 기일을 위해 서울 가기 전날 밤 아들을 꿈에서 만난다. 산등성에 있는 무덤 속이 뜨거워 고통스럽다고 한다. 불 화산 같다는 것이다. 제발 태평양 바다로 보내달라고 통사정했다. 죽은 사람이 무덤 속에서 못 살겠다니, 무슨 의미일까. 개꿈이라 생각하고 잊어버리기에는 생생히 기억되는 선명한 꿈이었다.

그녀의 갈등이 시작됐다. 한국으로 가는 비행기 안에서 꿈의 내용을 고민한다. 무덤을 없애고 화장해서 바다로 보내달라는 뜻인 것 같았다. 갇힌 힘이 없는 출렁이는 바다에서 좋아하는 서핑을 하며 지내고 싶다는 뜻이 이닐까. 소년은 끝없이 밀려오는 파도를 신나게 탈 수 있을 터이다.

기내 창문으로 바라본 하늘 캔버스에 추상화로 펼쳐지는 흰 구름을 보면서, 태평양에 사는 게 소원이라는 폴이 말한 꿈을 생각했다. 파도의 춤이 그치지 않는 넓은 바다로 가고 싶다는 소망을 엄마에게 알린 거라 해석되었다. 태평양, 그곳이 용인의 산등성보다 좋다고 보내달라는 진정한 이유는 무엇일까. 비행기가 태평양 상공을 지날 때 온갖 상념으로 갈등이 빚어졌다. 유빈이 그리울 때 찾아갈 곳이 없어 방황하는 자신이 그려졌다. 무덤을 아들의 집이라 생각하며 살아온 그녀다. 그런데 소년의 집을 헐어버리면…. 매년 기일 때마다 서울에 가면 찾아갈 그의 집이 없어서 어떻게 하지. 그녀는 서울에 사는 언니에게 꿈의 내용을 알렸다.

"언니! 7, 8월의 무덤 안은 불가마같이 더운가 봐. 무덤 속이 뜨겁다고 유빈이가 꿈에 태평양으로 보내 달래. 화장해서 바다로 보내면 내가 이렇게 찾아올 곳이 없어서 어떻게 하지? 그래서 무덤 위에 천막을 쳐주고 싶어."

언니는 정신 나간 여자를 바라보듯 눈을 휘둥그레 뜨고 물끄러미 그녀를 쳐다본다.

"내가 평생을 살아오면서 무덤에 천막을 친다는 말은 못 들었다. 제발 정신 좀 차려라."

"무덤 안이 불같이 뜨겁다는데 그럼 어떻게 해?"

"앞으로 네가 이곳에 찾아오기 힘들 거라고, 엄마를 위해서 그런 꿈을 꾸게 한 것 같구나. 그러니 산소에 천막을 칠 생각일랑 하지 말거라."

언니의 단호한 반대에 부딪혀 무덤 위에 천막을 치는 일은 그만두었다. 그녀가 꾼 꿈은 아들을 위한 것이 아니고, 엄마를 위한 꿈이었다는 언니의 해몽을 믿었다. 생전에 효자는 죽어서도 효자구나 싶었다. 그녀 역시 죽으면 폴이 있는 곳으로 가고 싶다는 생각에 아들의 산소 옆에 묻힐 자리 하나를 더 마련했었다. 심지어 아들 집에 매일 드나들고파 산소가 가까운 마을로 이사를 하려고 했던 그녀다. 언니와 조카는 그녀가 살 집을 마련하기 위해 용인공원묘지 가까운 마을로 집을 빌리러 다녔던 적도 있다.

그런데 산소가 용인에 있으니 별별 일이 일어나기 시작한다. 서울에 사는 남자 조카와 질녀가 이모를 대신해 가끔 산소에 간다. 참으로 고마웠다. 무덤 속에 누워있는 고인과는 친형제처럼 가까이 지냈으니 찾아가는 게 자연스러운 일이었다.

어느 흐린 날 조카가 산소에 갔단다. 돌아오는 길에 소낙비를 만나 교통사고를 당했다는 소식이 국제전화로 들려왔다. 그녀는 속이 많이 상했다. 조카와 상대방이 다치지 않았다니 그나마 다행이었다. 조카의 형편도 넉넉지 않은데 거금을 조카의 처가에서 빌려 상대방의 피해보상으로 물었단다. 그녀의 예민한 성격이 부담을 느꼈다. 그녀가 보상금을 보내야 하는가. 걱정과 고민이 앞섰다. 멘토와 상담한다. 멘토는 반대했다. 앞으로 산소에 오가는 일로 생겨난 다른 일도 이모인 그녀가 계속 책임지고 해결할 것인가. 조언자가 물었다. 그럴 수 없다는 뜻으로 그녀는 고개를 좌우로 흔든다.

조카에게 전화해서 앞으로는 절대로 산소에 가지 말라 부탁한다. 무덤이 산의 초입에 있는 것도 아니었다. 높은 산등성에 있는지라 차로 오르내리는 길이 너무 위험해 조카가 걱정된다고. 살아 있는 사람이 귀하지. 죽은 사람은 마음에 있지, 그곳에는 없으니 앞으로는 제발 가지 말라고 당부했다.

질녀에게도 신신부탁이었다. 질녀는 산소에 다녀오면 그녀에게 보고를 꼭 한다. 생전 고인이 좋아하던 비프져키와 과일을 준비해서 다녀왔다고. 어느 날은 생화를 사서 꽂아놓고, 또 어느 날은 작은 유리로 된 집을 갖다 놓았다고 보고했다. 촛불을 켜서 유리로 된 집에 놓으면 꺼지지 않아 좋다고 한다. 이모의 사진을 넣어도 비바람에 젖지 않는다고 덧붙였다. 질녀의 정성과 수고가 눈물 나도록 고마웠다. 서울에 친척이 살아서 정신적인 도움이고 의지가 되었다. 소년이 떠난 후 그녀는 하늘을 자주 올려다본다. 검은 구름이 머물던 자리에 폴의 모습이 담긴 사진틀 하나가 구름을 벗어난 달처럼 나타난다. 달이 흐르듯 그녀가 바라보는 하늘에 정해진 장소 없이 환한 소년의 얼굴이 미소의 액자로 옮겨 다닌다. 하늘정원에 핀 인꽃이었다.

  그녀는 자주 서울에 갈 수 없었다. 그래서 주변의 친척들이 그녀 때문에 고생이 많았다. 서울에 나가면 잘해주어야지. 명품가방 옷 구두 밍크코트, 반지까지 자기의 것들 모두 주어도 아깝지 않을 것 같았다. 미국에 오면 여행도 시켜주어야지. 인간관계는 주고받는 관계가 되어야 건강하게 유지될 수 있지 않은가. 어느 한쪽만 잘해주다 보면 부담스러워 언젠가는 피하게 될 터이다.

소년의 기일 때 꾸었던 꿈의 뜻을 이해하기 시작했다. 유빈의 무덤이 그녀로 인해 주변 사람들을 힘들게 하지 말라는 의미로 해석되었다. 동생 가족은 멀리 부산에 있으니 한 번도 산소에 가지 않았다. 그런데 서울에 사는 언니 가족에게 본의 아니게 부담을 주게 되었다. 번번이 힘들게 한 것이 참으로 미안했다. 그 후 두 번 더 소년이 바다로 보내달라고 조르는 꿈을 꾸었고, 그녀는 개장해서 화장하기로 결심하게 된다.

개장을 하기 전, 흐린 토요일 오후였다. 산소에 갔다 내려오는데 눈이 내렸다. 내리는 것이 아니라 퍼붓기 시작했다. 로스앤젤레스에서 눈 내리는 풍경을 수십 년 못 보고 살았던 그녀였다. 눈발이 차창으로 휘날리는 걸 보며 그녀는 소녀가 된 기분이었다. 그러나 즐겁던 마음은 순간이고 곧 걱정이 밀려왔다. 지난번 큰조카의 교통사고가 떠올랐기 때문이다.

"천천히, 천천히 운전해라."

질녀에게 조심해서 운전하라 거듭 타일렀다.

토요일 오후인데 갑자기 눈까지 내려 교통은 순식간에 마비되었다. 미국에서 보았던 한국 티브이 뉴스가 떠올랐다. 고속도로를 주차장으로 만들었던 폭설이었다. 그녀의 마음은 살얼음판을 걷는 심정이었고. 집착을 내려놓아야지, 무덤을 없애야지. 주변 사람들을 먼저 생각해야지, 죽은 사람이 뭐 그리 중요해. 그런데 죽은 소년을 대수롭지 않게 말해야 하는 그녀는 슬펐다. 마음에 슬픈 비가 내렸다. 하늘도 같이 울어주는 것 같았다. 아니, 개장해서 화장을 빨리 결정하라고 하늘이 도와서 눈이 펑펑 내린다는 생각이 들었다. 갈등이 하얗게 일어날 때마다 생존해 있는 친척을 먼저 생각하며, 그녀는 소년의 집을 없애기로 마음의 결심을 세운다.

무덤까지 찾아가는 세금

묘지를 정리하는 일은 간단하지 않았다. 그녀는 무덤을 사랑한다. 자신이 사랑하는 아들이 그 속에 있기에. 아들을 생각하며 가치 있는 일을 한 후, 유빈이 집을 찾아가 소년이 했던 일을 엄마가 대신 한 것들을 보고할 수 없다는 게 슬펐다.

변호사의 도움을 받아 '폴 유빈 리 추모장학재단'을 캘리포니아주에 정식으로 신청했다. 그런데 이게 웬 날벼락인가. 3년 후 세금 감사를 받으라는 편지 두 장이 국세청으로부터 날아왔다. 한 장은 장학재단과의 관련이었고, 다른 한 장은 그녀가 운영하는 사업에 관계되는 거였다. 앞이 캄캄했다. 그녀가 생애 처음 받아본 세금 감사에 대한 편지였다. 세금 감사는 귀신처럼 따라다닌 다는 말을 들었다. 긴장되고 무서웠다. 세금은 언제나 정직하게 보고 하지 않았던가. 그런데 무슨 이유로 세금 감사에 대한 편지를 받았단 말인가.

　그녀는 편지를 들고 지인인 회계사를 찾아갔다. 걱정하지 말라고 한다. 자기가 해결해 주겠다고. 해결이야 되겠지. 범죄를 한 사실이 없으니까. 지출해야 할 금액이 문제지. 회계사는 고객이 받는 감사가 수입으로 연결되니 당연히 좋아할 일이었다. 한 사람에게 가슴 아픈 일이 다른 사람에게 신나는 일이 될 수 있다는 게 현실이다. 자료수집이 무척 힘들었다. 6년 동안의 수입과 지출의 장부를 꼼꼼히 정리해서 가져오란다. 그렇지 않아도 상처투성인 그녀에게 자료수집은 죽을 만큼 힘든 과제였다. 자료를 준비하는 동안 그녀는 신경쇠약에 시달렸다. 코에 걸면 코걸이가 되는 게 세금에 대한 감사란 걸 수없이 들었던 터라 신경이 극도로 날카로워졌다. 달라면 다 주고 보고 싶은 하늘나라 가족 곁으로 가면 될 것을 왜 그렇게 괴로워했을까. 생각할수록 그녀는 자신이 한심한 바보 같았다.

세금 감사의 원인을 알고 보니, 변호사가 비영리장학재단으로 신청했다는 게 영리장학재단으로 잘못 허가가 난 것이다. 캘리포니아주 직원의 실수였을까. 아니면 변호사의 실수인지, 그녀는 아직도 그 사실을 확실히 모른다. 감사의 원인이 세금으로 낸 금액보다 장학금을 준 액수가 더 많다는 게 문제였다. 재단의 씨드머니는 소년이 대학에 갈 등록금과 차를 살 돈이었다. 폴의 저금통장에 있던 것을 찾아서 추모장학재단을 만들었다고 사실대로 회계사에게 알렸다. 그녀가 절약해서 생활하고 사업에서 남은 돈을 장학금으로 주는 게 세금 감사를 받아야 할 일이라면 장학재단 운영을 당장 그만두고 싶었다. 서툰 언어와 문화와 법규를 지키며 남의 나라에서 살기란 호락호락한 일이 아니었디.

한국에서라면 선한 일을 한다고 신문에 나거나 칭찬받을 일이 아닌가. 미국은 세금 거두어가는 일에 혈안이 되어 있는 나라다. 세금 감사에 걸리면 무덤까지 가서 받아낸다는 떠도는 말이 생겼을 정도다. 세금만큼은 참으로 무서운 나라가 미국이란 생각이 들었다. 그녀는 장학재단 운영에 대한 회의를 느꼈다. 세금 감사가 끝난 뒤 재단에 남은 잔고를 클레어몬트 신학대학원에서 운영하는 장학재단으로 넘겼다. 차라리 학교에서 관리하는 것이 좋겠다고 판단해서였다.

'폴 유빈 리 추모장학재단'은 6년을 넘기지 못하고 정리됐다. 국세청의 감사 문제로 두 번이나 힘이 들었고 더 이상 시달리고 싶지 않았다. 장학금을 넘겨준 '클레어몬트대학의 장학재단'에 편지를 보냈다. 장학금은 한국 유학생들을 위해 사용해 달라고 학교 측에 요청했다. 얼마 안 되는 금액이지만, 대학에선 아직도 고맙다는 편지를 계속해서 보내온다.

그녀의 사업에 대한 세금 감사는 땅 문제였다. 마약을 하는 청소년들을 모아 새로운 사람으로 훈련하는 사회기관에 그녀가 소유한 땅을 기증한 것이 말썽을 일으켰다. 그곳에 건물을 지어 교포사회와 지역사회를 위해 훌륭한 일을 해달라는 대가 없는 기부였다.

I.R.S.(Internal Revenue Service)가 의심한 것은 기증과 관련해서였다. 현물은 세금 보고가 되지 않았다. 그래서 땅을 매입할 때의 가격을 그대로 보고했는데, 그것이 말썽이 된 것이다. 왜 세금을 낸 액수보다 기증한 액수가 더 크냐는 것이 세금 감사를 받게 된 이유였다. 그 사건은 알고 보니 회계사가 보고를 잘못한 실수였다. 좋은 일로 한 게 골치 아픈 상황이 되어 버린 경우였다.

국세청 감사로 시달리면서 신경성 이명증을 얻었다. 귀에서 쇠를 자르는 소리가 항상 들린다. 신경이 자꾸만 날카로워졌다. 훌륭하다는 양의와 한의를 몇 년씩 찾아다니며 치료받아도 치유는커녕 조금의 효과가 없다. 로널드 레이건 전 대통령의 귀를 수술했다는 귀전문병원의 유명한 의사를 찾아가 검진받고 약을 복용했으나 아무런 효과가 없다. 귓속에서 나는 날카로운 소리는 잠까지 설치게 하고 사람을 미치게 만드는 골치 아픈 병이다.

치료받다가 지쳐버린 그녀는 차라리 귀에서 울

리는 소리를 베토벤의 운명 교향곡 5번 제1악장이라 생각하며 즐기기 시작한다. 슬픈 일을 당했을 때 그 소리는 모차르트나 베르디의 레퀴엠이 되어 그녀를 위무해주기도 한다. 귀 안에서 생음악이 창조됨은 참으로 신묘하고 기이한 일이기도 했다. 그런데 불편함은 큰 장애이기도 하다.

  소년은 말이 없다. 그러나 사랑하는 폴은 언제나 곁에 있다. 비록 분골이 되어 돌아왔지만, 분신이 있음은 주검을 못 찾는 부모에 비해 다행이라 자위한다. 생각하면 참으로 못된 심성이다. 남의 불행을 보고 스스로 위무를 얻으니 말이다. 촛불이 유해 앞에서 신나게 춤을 춘다. 소년이 기타를 메고 비틀스의 멤버인, 베이스 기타를 치던 폴 매카트니의 이름이 자기와 똑같다고 좋아했었다. 매카트니를 흉내 내던 모습을 그려 본다. 한때 그녀가 주식으로 건물 투자금을 모두 날리고 쓰러져 있을 때였다. 엄마를 즐겁게 해주려고 그녀의 가발과 옷을 입고 랩뮤직으로 흑인들의 춤을 추면서 웃게 했던 아들이 보고 싶었다. 봉사와 아르바이트와 공부, 무엇이든 최선을 다했던 소년이 한없이 그리웠다. 폴이 남기고 간 추억이 많아서 고맙다고 간간이 기도로 전한다. 잠재의식의 문을 두드리면 그녀는 유빈과 자유로운 영靈의 계절로 돌아가 영혼끼리 무언의 담화를 나누기도….

추념追念

UCR(University of California Riverside)에서 전화가
왔다. 폴이 서울대학교 기숙사에서 감전사했다
는 소식이다. UCR의 여직원은 무척이나 난감해
한다. 맑은 하늘에서 날벼락이 그녀의 기슴에 내
리쳤다. 그녀는 수화기를 떨어뜨리고 쓰러졌다.

UCR에서 보낸 한국 여인이 도착했다. 그 여성
의 도움으로 얼음물을 마시며 애써 정신을 차린
다. 믿어지지 않는다. 도저히 믿을 수가 없었다.
자기의 눈으로 확인해야 했다. 살려야 한다. 불
쌍한 소년 폴 유빈 리. 일찍 아빠를 잃고 한 부모
가족으로 자란 가엾은 폴을 살려야 한다. 엄마가
간다. 엄마가 가서 깨워줄게.

그녀는 미친 여자 같았다. 아니 혼이 반은 나

간 상태였다. 하늘도 땅도 보이지 않는 허공을 밟는 느낌으로 모든 것을 여인에게 의탁하고 길을 나섰다. 여인은 그녀를 데리고 로스앤젤레스 국제공항으로 갔다. 소년이 떠나던 날만 해도 LA국제공항 카페테리아에서 그와 시간을 함께 하지 않았던가. 싱싱하게 푸르렀던 꿈은 사라지고 텅 비어있는 공항은 암흑세계였다. 아니 죽어 있었다.

그녀는 비행기 안에 있는 작은 담요에 얼굴을 묻는다. 그리고 짐승처럼 컥컥 안으로 흐느꼈다. 빗줄기 같은 눈물은 핏물이 되어 가슴을 적셨다. 소리 내어 울지 못하는 그녀의 등을 쓸어내리며 옆 좌석에 앉은 여인은 그녀를 보고 "우세요. 울어야 살아요." 하면서 울라고 다독인다.

캘리포니아주, 산타모니카 시티에 위치한 크로스로드스 고등학교를 졸업한 소년은, 그해 서울대학교로 연수를 갔다. 폴은 연수 미감을 일주일 남겨놓고 8월 1일 새벽 서울대학교 기숙사에서 생을 마감했다. 대학 입학을 앞둔 18세 꽃 같은 나이에.

한국에서 최고라는 국립대학교의 기숙사 시설이 그렇게 허술했던가. 금요일 저녁에 친구들과 외출했다가 돌아온 소년은 배가 고팠다고 한다. 폴은 친구들을 룸에 가서 쉬라고 하고 혼자 물을 끓여 컵라면에 붓다가 감전되었다. 사고 후 전기선과 물 끓이는 탕관을 검사한 결과 전기선이 끊어진 자리에 구리선으로 임시 땜질을 해놓은 탓으로 항상 전류가 흘렀다고 한다. 소년의 친구들은, 이전에도 여러 학생이 위험을 느꼈다고 진술했다. 연수생들이 관리사무소에 보고를 했으나 아무런 반응이 없었나. 자기가 맡은 의무를 방관했던 직원들이 아닌가. 한때는 그들을 죽을 만큼 원망했다. 하지만 그것이 어디 그들만의 잘못인가. 위로부터 연결된 기숙사의 재정적인 문제와 연관된 일이겠지.

그녀가 소년에게 보낸 여러 번의 우편물을 폴은 한 번도 받지 못했다고 한다. 엄마가 전화했을 때 비프 져키가 먹고 싶어 목이 다 아프다고 했다. 그것 한번 못 먹고 가다니, 그녀는 요즘도 마트에 가면 비프 져키를 볼 때마다 가슴이 아려 그 코너를 피한다.

　서울대학교 측에서는 유빈의 심장에 이상이 있었던 것은 아니냐고 의문을 제기했다. 그녀는 너무 억울해서 부들부들 떨었다. 억장이 무너지는 듯 분해서 참을 수가 없었다. 미국대사관에 전화해서 도움을 요청했다. 대사관에서는 부검해서 밝히는 것이 어떻겠냐고 의견을 나눠주었다.

　소년의 몸을 메스로 가르는 부검을 허락하는 건 그녀의 가슴을 가르는 거였다. 죽은 소년을 또다시 죽이는 게 운명이고 현실이었다. 폴의 안타까운 죽음에 대해 한 치의 누명이나 오해를 남기고 싶지 않았다. 운구는 한독병원에서 국립과학수사연구소로 옮겨졌다. 그때 정신을 잃어서 소년의 건강한 장기를 필요로 하는 환자에게 기증하지 못했던 게 오늘날까지 후회가 된다.

　부산에서 올라와 그녀의 일을 수습해주던 동생은 천사였다. 동생은 조카의 부검을 감독하고자 국립과학수사연구소로 운구를 따라갔다. 부검 결과는 소년의 사인死因이 100% 감전사로 밝혀졌다. 당연한 사실을 뒤집어보려던 서울대학

측의 억지 때문에 소년은 두 번이나 죽었다. 불쌍하고 가엾은 아들 폴.

당시 안타까운 마음으로 여러 일을 도와주셨던 어학연구소의 소장 교수와 유빈을 직접 지도했던 교수는 지금도 잊을 수 없다. 물론 모두가 기억이 안 나지만 고마운 분이 많았다. 유빈의 무덤에 빨리 푸른 잔디가 자라게 하려고, 관절염이 심해 다리를 절룩이면서 개울물을 양동이로 퍼다 나르던 박남식 교수였다. 그녀는 작은 보답이라도 하고 싶은 마음에 캐나다 부차드 가든에서 여러 가지 꽃씨를 사서 보내드렸다. 서울대학교 어학연구소와 기숙사 주변에 심어달라고. 소년의 넋이 꽃으로 피어나게 도와달라고 부탁드렸다.

모든 게 허망했다. 새끼 잃은 어미의 절규는 산문시가 되어 모였다. 서울대학교 어학연구소의 도움으로 '하늘로 치미는 파도'가 1년 만에 책으로 출간되었다. 어학연구소 측은 출판기념식도 마련해 주었다. 고마웠다. 사고가 일어난 지 1년이 지났는데 어미의 심장은 찢어지고 있었다. 시간이 지날수록 아픔은 더 깊이 뿌리를 내렸다. 일상을 정신없이 살다가 정신이 조금씩 들면 고통이 심해져 슬픔을 벗어나지 못했다.

서울대학교 기숙사에서 머물렀다. 그녀의 사랑하는 아들이 숨진 곳. 그곳에서 며칠간 국문학과 교수와 교정을 보며 편집을 의논할 때였다. 아들의 목숨을 앗아간 거기에 있기가 곤혹스러웠다. 하지만 그곳에서 아들을 느끼려 애썼다. 그녀는 자신이 무척이나 이율배반적이라 자책했다. 소년은 엄마가 쓴 책으로 다시 태어나리라는 생각으로 모든 것을 참고 견뎠다.

문 교수와 며칠을 함께할 때 그녀는 소년에 대해 많은 얘기를 들을 수 있어 좋았다. 교수로부터 얘기를 들으면서 그녀의 무너진 가슴의 피와 살이 다시 요동쳤다. 그런데 아들의 가슴과 사랑이 담긴 얘기를 들을 수 있는 게 또한 다행이었다.

"교수님! 열심히 한국어 공부해서 A학점 받아 우리 엄마 기뻐하시는 모습 보고 싶어요."

“유빈이 학생은 효자구나. 어머님이 얼마나 기뻐하실까.”

“종강 때 서울에 축하해주러 오시겠대요.”

“유빈은 좋겠구나.”

“네. 부산 외삼촌 집에도 가고 서울에 계신 이모 집에도 가고 어머니가 가족끼리 여행하자고 했어요. 그리고 미국에 가서는 어머니가 캐나다 여행도 가자고 했어요. 대학 가기 전에요.”

모든 것이 한순간에 물거품이 되었다. 서울로 연수를 보냈던 로스앤젤레스 공항이 아들을 본 마지막 공간이 될 줄이야. 그녀는 부지불식간에 로스앤젤레스 국제공항 쪽으로 차를 몰고 있는 자신을 발견하고 크게 당황했다. 마지막 정담을 나누던 공항의 카페테리아를 뒤지며 아들의 흔적을 찾아 헤매었다. 당시 그녀의 정신이 온전치 않았었으니까, 아마도 소년의 환상을 따라갔을 터이다.

그녀는 소년과 함께했던 바닷가를 찾아 그의 이름을 불렀다. 김소월 시 “산산이 부서진 이름이여 / 허공 중에 헤어진 이름이여….” ‘초혼’의 시구절은 마치 자기를 위해 써진 것 같아 펑펑 울었다. 그림자라도 잡으려는 심정으로 산타모니카와 말리부비치, 베니스비치, 마리나 델 레이 해변으로 바람처럼 떠돌며 물새처럼 우는 게 그녀의 일과였다. 서울에 와서는 버스에 붙은 서울대학교 쪽으로 간다는 표지판만 보고도 무의식적으로 고개를 돌리게 되었다. 그녀는 별을 보기 위해 밤하늘을 올려다보는 게 습관이 되었다. 별이 된 소년을 그리며….

부화 浮華

　서울로 연수를 가지 않겠다던 아들을 억지로
보낸 그녀. 서울대학교가 아니라도 한양대학교
와 연세대학교가 연수프로그램이 좋다는 말을
들었다. 그런데 이왕이면 최고로 좋은 학교에 보
내야겠다는 그녀의 일류병과 명문대학병 때문에
아들을 서울대학교에 보낸 게 사실이었다. 왜 많
은 사람이 서울대학교를 못 보내 안달일까. 그
대학 출신이 아니라도 유명인이 되고 훌륭한 학
자도 되는데 말이다. 다른 사람의 경우는 몰라도
그녀는 일류를 좋아하는 허화 때문에 자식을 잃
었다. 결국, 그 허영심이 아들을 죽게 한 것이다.
아무튼 아들을 잃은 후 그녀는 일류니, 명문이니
하는 단어를 그녀의 삶에서 깨끗이 지웠다. 늦은

깨우침이었다. 언제 어디에서든 최선을 다하는 삶이 아름다운 삶이란 것을 아들의 죽음을 통해 배우게 된다. 명문대학을 고집하며 보냈던 그녀의 자책감은 깊은 죄의식에 시달렸다. 스스로 자기를 미워했다. 당연히 미움받아 마땅한 사건이었다. 그래서 소년의 영혼과 이름이라도 위로하려고 장학재단을 운영했다. 지역사회를 위해 공부는 잘해도 환경이 어려운 학생을 도와야겠다는 기본적인 지각이 그녀에겐 없었다. 물론 장학재단을 운영한 이유가 아들에 대한 미안함 때문만은 아니었다. 아들에 대한 죄의식에서 조금이라도 벗어나고 싶은 그녀 자신을 위한 몸부림이었다. 혼자서 재단을 운영하는 게 쉬운 일이 아니었다. 하지만 장학재단 운영을 통해서 그녀가 일상에서 배울 수 없는 온갖 체험을 하게 된다. 비싸게 취득한 값진 공부였다.

유빈이 또래의 학생들을 볼 때마다, 그녀의 심장에는 소금이 뿌려지는 것 같았다. 의견과 생각의 차이가 다를 뿐이지만, 당시 그녀로서는 도무지 이해가 안 되는 일이 많았다. 자식을 잃은 어미 앞에 어떻게 죽은 아들 또래의 자녀들을 데려와서 자랑을 늘어놓을 수 있을까. 공부 잘하는 자식 자랑, 성공한 자식 자랑, 결혼식 초대장까지 보내온다. 상대에 대한 배려는 모래알만큼도 없는 무정한 세상인심이었다. 결혼식장에 가서 잘 차려입은 새신랑을 보면 아들로 착각이 될 때도 있었다. 가슴이 찢겨도 친구를 위해 자리에 앉아 시간을 지켜준다. 그녀의 심장은 절여진 배춧잎이 된다. 따갑고 쑤셔도 거절 못 하고 참석해서 미소를 짓는 자신이 이중성의 일인자 같았다. 그녀는 감정에 솔직하지 못한 자기가 바보 등신 병신 같아서 모든 관계에서 탈출하고 싶을 때가 있었다.

모르는 사람들은 모르니까 이해가 간다. 그러나 주변 사람들은 안다. 처절한 고통 속에 살고 있다는 사실을. 죽지 못해 밤마다 와인과 수면제의 도움으로 견디고 있을 때였다. 아침에 깨어나지 않았으면 좋겠다고 빌었다. 그렇게 살아가는 사람이란 걸 누구보다 잘 아는 가까운 사람들이 잔인해 보였다. 인간은 모두 자기밖에 모르는 이

기적인 존재들이란 생각이 들었다. 돈을 빌려 달라는 사람도 늘어났다. 장학금을 기부했다는 사실을 아는 사람은 자기에게 그것을 줬으면 평생을 보살펴 주었을 것이란 말도 서슴없이 한다. 과연 그럴까. 이미 돈을 주고 사람을 잃은 경험이 있는 그녀였다. 사람이, 관계가 우선이어야 하는데 물질이 우선인 세상이 참 가슴 아픈 일이고 슬펐다. 주변 사람들로 인해 내면의 사유가 괴로웠다. 때로는 아는 사람들이 없는 먼 곳으로 가서 살고 싶을 때가 있었다.

그녀는 자기가 아는 사람들로부터 평범한 존재로 비치지 않는 게 슬펐다. 남편과 자식이 부재가 된 삶은 그렇게 쉽게 보이는 걸까. 물질을 소유한 존재로 치부하고 이용하려는 게 안타까웠다. 아무리 시간과 물질을 들여 봉사해도 죽은 자식 등에 업고 유명해지려 환장하는 인간이란 소문이 들려온다. 이건 또 무슨 날벼락인가. 인간의 시기와 질투는 무엇으로도 해결이 안 된다는 걸 경험하게 되었다. 그녀는 바보 등신처럼 아무런 반박도 없이 조용히 안으로 삭혔다. 생각할수록 자기란 존재가 불쌍해 견딜 수 없었다. 먼저 자기를 보듬고 사랑할 줄 알아야 함을 깨달았다. 남을 이해하고 사랑하려면 자기부터 다스릴 줄 알아야만 하는 거였다.

자식은 의지고 아름다운 그리움이어야 할 것을…. 자식을 잃은 그녀의 일상은 태양이 뜨지 않는 하늘이었다. 삶의 지붕과 울타리가 무너진 그녀는 광야에 있는 사나운 들짐승들에게 시달렸다. 어둠 속에 갇힌 그리움은 길고 긴 터널 속으로 이어졌다.

소년은 중학교 1학년 때부터 고등학교 졸업 때까지 많은 봉사를 했다. 병원 교회 산타모니카 경찰서 그리고 노숙자 돕기를 즐기면서 실천하였다.

해마다 아껴 쓴 용돈과 아르바이트를 해서 번 돈을 모아, 노숙자들을 위해 담요와 컵라면 박스를 잔뜩 준비해 산타모니카 경찰서와 로스앤젤레스 렘파트 경찰서에 기증했다. 폴은 노숙자들에게 직접 나누어주길 원했으나 위험이 따른다고 경찰서에서 제지했기 때문이다. 폴이 보람을 느끼며 했던 일이라 그녀가 대신해 도와주려고 나섰다가 그 일마저 두려워 그만두었다. 사람들의 시기와 질투에 맞설 패기가 그녀에게 없어서였다. 죽은 자식 등에 업고 유명해지려 환장하는 년이란 소름이 끼치는 말이 떠올랐기 때문이다. 사람의 혀가 총구멍보다 무서웠다. 국세청과 자기를 힘들게 하는 사람들이 미웠다. 그녀는 사는 방법을 바꾸었다. 자기를 이용하고 괴롭히는 사람들을 위해 축복기도를 해주는 방법을 그리스도를 통해 배웠다. 미움받아도 좋을 기백을 길러내야만 했다.

자식 잃고 목적 없이 살아가는 어미가, 유명해지거나 재물이 무슨 의미와 무슨 소용이 있단 말인가. 그녀는 억울한 말을 외면할 줄 몰랐다. 매번 안으로 받아들여 자신을 스스로 괴롭히는 그런 바보짓을 하며 살았다. 이후 그녀에게 찾아온 새로운 친구는 눈물이고 우울증이었다. 시도 때도 없이 진혼곡을 켜놓고 자신이 진혼곡이 되어 울었다. 소년의 기일을 맞아 서울 질녀 집에 있을 때는 자신의 울음을 감추려고, 욕실 세면대의 물을 틀어놓고 남몰래 울고 또 울었다. 우는 것이 직업이 된 여인 같았다. 질녀가 "이모의 눈물은 호수를 만들겠다."란 말을 할 정도로 울었기 때문에 살아낼 수 있었다. 눈물은 슬픔을 견딜 수 있는 또 다른 힘이 되었다. 울음은 감정의 근육을 강하게 지켜주었다.

그녀는 투자사업을 정리하고 많은 세금을 낸 뒤 은퇴했다. 언젠가 하늘나라의 가족에게 갈 수 있다는 꿈은 위안으로 간직했다. 로스앤젤레스 한인타운은 발을 끊었다. 봉사하면 할수록 온갖 구설에 오르는 게 불편해서다. 그녀는 큰일을 할 수 없는 아주 작은 질그릇이란 걸 체험을 통해 깨달았다. 자기의 존재를 드러내는 일은 모두 그만두었다. 남은 생을 조용히 침묵하고 기도하며 살고 싶었다.

그런데 남은 생을 무슨 일을 해야 할지 막막했다. 사업을 정리했으니 사람들과 부딪치지 않을 조용한 삶을 결심했지만, 마음은 유빈을 따라가고 싶었다. 하지만 그럴 수는 없었다. 숨진 그의 몫을 대신해 잘 살아주는 게 어미 된 도리가 아닌가. 그 어떤 사유도 새로운 소망을 선물해 주지 않았다. 그녀의 몸이 천근만근 무거웠다. 인간은 비전과 꿈을 먹고사는 존재가 아닌가. 그녀의 꿈이고 희망이었던 폴, 친구이고 연인 같았던 유빈이었다. 보고만 있어도 행복했던 그를 잃고 무너져 버린 일상을 어떻게 소생시킬 것인지. 그녀는 마음을 추스르고 일어날 돌파구를 찾아야만 했다. 참으로 끝이 보이지 않는 방황이었다. 절체절명 앞에 마주한 자기를 어떻게 삶의 현장으로 데려갈지 몰랐다. 그녀는 절대자 앞에 엎드려 간구했다. 누군가의 손이 필요했다. 잡고 일어날 단 한 사람의 힘 있는 말이 절실했다.

조병화 시인

무조건 어디론가 떠나고 싶었다. 갑자기 혼자
가 된 삶을 어떻게 살아갈 것인가. 그녀는 여행
길을 선택한다. 여행 중 내면의 자아를 만나 대
책이 세워지길 바랐나. 어띤 삶이 진정으로 자기
가 원하는 새 삶이 될지. 그녀는 자기를 잘 모르
는 환경에 놓았다. 미국 여행사를 이용해 그녀가
모르는 사람들 틈에 끼어 다니기로 하였다. 영국
과 뉴욕 여행객들 속에서 동북유럽과 이스라엘
을 나그네처럼 떠돌았다. 다행히 영어가 불편하
지 않아 여행은 생각보다 무사했다. 낯선 곳과
모르는 관계는 설렘을 주기도 했고 일단 새로운
호감을 줘서 좋았다. 그렇게 여행에서 여행으로
이어졌던 어느 해 부산에서 동생이 왔다. 적십자

병원의 세미나로 출장을 왔다가, 온 걸음에 외롭게 살아가는 누나와 여행하려고 시간을 여유 있게 내어 왔다고 한다. 그녀는 동생과 함께 '라디오 코리아'에서 주관하는 남미 여행길에 다시 오르게 되었다.

　문학 강연으로 초대된 조병화 시인과 조우하게 된 게 브라질 여행에서다. 그녀는 리오데자네이루에 있는 예수 동상 앞에서 동생과 같이 묵상의 기도를 올렸다. 조병화 시인의 신앙은 어머니라고 하였다. 어머니에게서 왔고 어머니께로 돌아가는 게 당신의 신앙이라고 했다. 조병화 시인과 코파카바나 해변의 갤러리 카페에서 개인적인 만남이 있었다. 동생이 여행 중에 읽던 누나의 산문 시집을 선생님께 보여드렸다. 다음 날 조병화 시인은 남동생을 통해 그녀를 찾았다. 조병화 시인은 생애 읽은 책 가운데 가장 아름답고 슬픈 내용이라 하였다. 조병화 시인은 그녀에세 당부했다.

　"이 선생, 소설을 쓰시오. 시나 산문도 좋으나 체험소설이 힘이 있으니 소설을 써서 한국의 젊은이들과 엄마들에게, 누구나 쓸 수 없는 이 아름다운 사랑 이야기를 꼭 읽게 했으면 좋겠소."

"네 선생님, 힘들어도 해 볼게요. 선생님, 권면해주셔서 감사합니다."

조병화 시인의 설득력 있는 장려에 그녀는 생각 없이 쓰겠다고 약속했다. 브라질 여행은 그녀에게 새로운 꿈을 선물해 주었다. 아니, 조병화 시인의 권유가 기적 같은 계기가 되었다. 그런데 소설 쓰는 실력과 재능이 없는 그녀는 힘들었다. 자신의 체험을 쓰는 일인데 소설 쓰기란 체력과 정신력을 함께 요구하는 감정노동과 육체노동이었다. 짧은 한 단락을 겨우 끝낸 후 얼마나 힘이 들었는지 앞으로 소설가를 만나면 무조건 큰절부터 하겠다는 말까지 할 정도였다. 그녀는 소설을 쓰기 위해 여러 작가의 소설창작기법 책을 읽고 소설창작 강의도 들었다. 그러나 막상 실천에 옮기는 작업은 생각처럼 풀리지 않았다. 외지에서 험한 산속을 헤매는 답답한 두려움이었다. 소설을 쓰기란 노동이었다. 마음에 들지 않는 엉성한 장편소설을 완성해 조병화 시인께 원고를 보냈다.

조병화 시인은 작고하기 전 완성된 그녀의 자전소설에 추천사를 써 주었다. 그런데 선생의 말씀대로 한국의 젊은이들과 어머니들은 읽을 기회를 얻지 못했다. 자비로 출간된 책은 미국에 사는 교민들에게 조금 알려졌을 뿐, 결국 한국어로 쓴 소설은 폴의 죽음처럼 영영 묻혀 버렸다.

그녀의 인생 멘토가 그 책을 읽은 후 영어로 번역했으면 좋겠다고 번역가를 연결해 주었다. 번역가의 손에서 일 년이 지나갔다. 번역된 A4 용지 500쪽 분량은 두께가 상당했다. 소설의 줄거리를 3쪽으로 요약하여 약 스무 곳의 미국 출판사에 보냈다. 반은 무소식이었고, 반은 거절 편지를 예의 바르게 보내왔다.

그중 단 한 곳에서 만나자는 전화가 왔다. 출판은 한 곳이면 되는 게 아닌가. 여러 곳이 필요하지 않다는 믿음으로, 지인과 샌디에이고에 있는 출판사를 찾아갔다. 인쇄비는 그녀가 담당하고, 프로모션은 출판사가 하겠다는 계약을 하고 돌아왔다. 홍보할 내용과 표지 등을 디자인해 보내겠다는 계약을 했는데, 출판사에서는 소식이 없었다. 전화를 걸어 보았다.

출판사 오너 부인이 전화를 받는다. 남편은 쓰러져 병원에 입원해 있고, 출판사는 문을 닫게 되어 미안하다고 한다. 거짓말을 하지 않고 솔직히 말해주어 계약금은 포기하고 출간의 꿈도 접었다. 미련을 갖지 않게 되어 다행이라고 스스로 위로하면서도 속이 많이 상했다. 문을 닫게 된 출판사가 계약을 왜 하자고 했던가. 지푸라기라도 잡고 일어나려고 했을까. 처음부터 사기성이 농후한 제안이었을까. 정직한 사람은 어디에 가서 만날 수 있을까. 세상의 기업체와 사람들로부터 신의를 가질 수 없는 게 참으로 슬픈 일이었다. 온갖 사건을 경험하면서 타인보다 자신에게 불신의 숲이 자라게 될 것 같아 두려웠다. 그러면서 무조건 남을 의심하는 상황이 안 되길 마음을 다잡았다.

그녀는 테이블 위에 있는 500쪽의 원고 뭉치를 쓰레기통에 던졌다. 돌아서서 버려진 원고를 힐끔 바라보았다. 폴의 짧은 인생이 쓰레기통에 처박혀 있었다. 마음이 아파 쓰레기통에서 원고 뭉치를 도로 꺼냈다. 보이지 않는 옷장 안에 옮겨 놓고 입지 않는 옷으로 덮었다. 죄 없는 원고가 꼴도 보기 싫었다. 책을 출판한다는 게 그렇게도 힘든 일인가. 번역작가가 영어번역을 얼마나 못 했으면 호기심을 갖는 출판사가 단 한 군데도 없단 말인가. 멘토의 추천은 포기하고 영어책 출판은 깨끗이 잊었다. 계약금을 떼인 것도 속이 상한데, 그녀는 출판사 사장의 건강이 회복되어 출판사업이 번창하기를 간절히 빌었다. 그렇게 할 수 있었던 건 성경의 진리기도 했지만, 그래야 상처받은 자신의 마음이 회복될 수 있을 것 같아서였다.

미국대학 입학

밀레니엄. 새천년과 함께 그녀는 새로운 삶을 개척하고 싶었다. 나그네 같았던 방황의 여행을 끝냈다. 1999년 봄 은퇴와 동시에 한인타운 근교 행콕팍으로 거처를 옮겼다. 매일 태평양 바다를 보며 산타모니카 언덕을 산책하던 즐거움이 없어지자 답답해졌다. 좋아하던 바다는 멀어지고, 산을 사랑하기 위해 아침마다 할리우드 뒷산에 올랐다. 숨이 가쁘고 힘이 들었다. 평지에 단련된 호흡과 근육은 산을 싫어한다는 뜻이었다.

자투리 시간은 햇살을 받으며 마을 주변의 주택가를 산책했다. 행콕팍은 넓은 공원처럼 나무가 많은 부촌이다. 그녀는 멋진 하우스가 아닌 오래된 아파트에 살지만, 주변 환경이 마음에 들었다. 여러 멋진 새들과 다람쥐들과의 만남은 즐거웠다. 집집이 개성시대에 뒤지지 않으려는 듯 정원을 특이하게 가꾸어놓았다. 그들의 집은 유럽의 고풍 양식으로 예술적 감각이 두드러져 보였다.

아침저녁으로 행콕팍의 그림 같은 정원을 감상하며 걸었다. 어느새 시간은 예술을 즐길 때처럼 달아났다. 걷는 시간대가 달라서일까. 아니면 고급 헬스클럽에 가서 운동하기 때문일까. 그곳에 사는 주민들은 만나기가 쉽지 않았다. 대신 큰 개를 몰고 나온 개의 도우미Dog Mate들과 가끔 대화를 나눌 기회가 생겼다. 개를 사랑하는 이들은 개를 돌보는 거주 도우미Dog Mate를 두었다.

어느 날이었다. 작은 학교만큼이나 큰 저택에서 한 젊은 여인이 짙은 브라운 색깔의 큰 개를 데리고 나왔다. 그녀는 개와 개 도우미에게 먼저 인사를 하였다. 도우미는 자기 이름 대신 개를 지미라고 소개시켰다. 그녀는 멕시코에서 온 이민자였다. 그녀의 이름을 듣기는 했으나 기억할 수 있는 쉬운 이름이 아니었다. 그녀는 쉬운 자기 이름을 폴라로 소개했다. 미국 시민권을 받던 날이었다. 그녀를 보증해준 사람이, 아들이 폴이니까 폴라라는 이름과 더 쉬운 이름 리사가 어떠냐고 두 이름 중 선택하라고 했다. 그녀는 두 이름 중 사람들이 기억하기 쉬운 리사로 결정했지만, 지미 도우미에게는 폴라라는 이름을 알렸다. 아들 폴이 가끔은 폴라라는 이름으로 기억되길 바라는 뜻에서였다. 그녀는 멕시칸의 이름이 어려워 수놈의 도우미를 지미 누나라 불렀다. 그녀는 지미의 먹거리를 쟁기며 배설물을 치우고 목욕시켜, 산책을 해주는 개를 위해 일하는 사람이라 했다. 폴라가 개에게 말을 걸었다.

"나는 솔메이트도 하우스메이트도 없는데 지미는 나보다 팔자가 좋구나. 정말 개 팔자네."

그녀의 말에 지미 누나가 깔깔거리며 웃는다. 지미도 그녀의 웃음소리에 꼬리를 유연하게 흔들며 누나 주위를 맴돌았다. 그때였다. 다른 멕시칸 여자가 덩치 큰 흰 개 한 마리를 데리고 그들이 서 있는 쪽으로 다가왔다. 지미 누나가 "하이 록시!"라며 개에게 인사를 한다. 폴라도 따라서 "하이 록시!" 하며 개에게 인사를 하자 록시가 꼬리를 둥글게 흔들며 폴라를 반겼다. 수놈인 지미보다 암놈인 록시가 더 상냥하고 귀엽게 굴었다. 지미 누나와 록시 언니는 다음 날 학교에 갈 이야기를 나누었다. 지미와 록시도 자기들끼리 꼬리를 흔들며 즐겁게 놀았다. 그들의 대화에 궁금증이 발동한 폴라가 어느 학교에 다니며 뭘 전공하는지 물었다.

"LACC(Los Angeles City College)에서 보육학을 전공해요."

록시 언니와 지미 누나는 듀엣으로 대답한다.

"나도 은퇴하고 다시 LACC에 입학했는데요."

그들은 알고 보니 같은 칼리지를 다니고 있었다. 록시 언니와 지미 누나는 주인이 저녁에 학교에 보내주어 개 메이트 직업이 나쁘지 않다고 한다. 지금은 비록 개의 도우미로 일하고 있지만, 머잖아 대학을 졸업해서 당당하고 떳떳한 직업인이 될 것이란 확신이 보였다. 직업에 귀천 없이 열심히 공부하며 게으르지 않은 삶을 사는 그들이 훌륭한 젊은이들로 보였다. 부지런히 살아가는 자세가 남이라도 그녀는 친동생들처럼 자랑스러웠다. 그들의 미래가 환하게 빛나 보였다. 부디 성공하기를 바라며 그녀는 마음속으로 축복을 빌어주었다.

2000년 봄 학기에 그녀는 12학점을 신청했다. 그림 사진 피아노 그리고 영어 기초 ESL(English as a Second Language) 클라스부터 시작한다. 영어가 가장 중요했다. 소통이 잘되어야 다른 강의를 습득할 수 있기 때문에. 피아노는 매일 연습을 필요로 하기에 계속하기에 힘이 들었다. 소질 또한 없었다. 한 학기만 마치고 그만두었다.

미술과 사진은 재미있었다. 전문 과목을 선택해야 할 시점에서 고민하다가 미술로 결정을 봤다. 부산에서 대학에 다니던 시절 범일동에 있는 현대 미술학원에 다닌 게 도움이 되었다. 나이 들어 하는 공부가 쉽지 않았다. 무척 힘들었다. 학기마다 여러 차례 포기하고 싶은 유혹이 수시로 찾아왔다. "너 은퇴했잖아. 공부해서 취직할게 아니잖아. 왜 그렇게 스트레스받아, 건강 해

치며 할 필요 없잖아." 그런 생각이 커질 때마다 포기하고픈 근사한 이유가 속삭였다. 자기와의 싸움에서 승리하기가 가장 힘이 들었다. 그런데 그녀의 가슴에 묻힌 폴을 생각하면 아무리 고통스러워도 견뎌야 했다.

그가 살아 있으면 엄마의 소묘드로잉과 사진 숙제를 위해 멋진 모델이 되어 줄 텐데. 그녀가 하는 모든 일의 틈새로 소년의 그림자가 끼어들어 절망을 이기는 원동력이 되었다.

젊은이들 속에서 영어로 해내야 하는 수학 역사 과학 영어 헬스 등 교양과목은 그녀의 적이었다. 마치 죽음을 사수하는 전투병처럼 사생결단으로 끝까지 싸워 결실을 얻어냈다. 그녀의 확실한 목표가 견딜 수 있는 인내를 주었다. 기본 실력이 없는 외국인이 2년제 대학을 6년 만에 졸업하였다. 칼리지 생활하는 동안의 세월은 드라마 한 편을 쓰고도 남을 희로애락이 무진장 많았다. 예를 들면 21세의 백인 대학생이 50대 후반의 그녀에게 적극적으로 데이트를 신청했던 일이다. 나이가 어리다고 거절했으나 나이는 이유가 되지 않는다며 우겨댔던 그 학생…. 지금은 성숙한 남성이 됐을 그 잘생긴 남자가 가끔 그녀를 웃게 해주었다. 현실에서, 그가 지난날처럼 다가오면 어떻게 할 것인가. 생각할수록 달콤한 미소를 머금게 한다.

또 다른 기억으로 남아 있는 추억은 평생을 지울 수 없이 감사한 일이다. 미카엘라 교수와 친구 수지 박의 도움으로 미술학원과 대학에서 그렸던 그림으로 대학의 다빈치 갤러리에서 전시회를 가질 수 있었던 일이다. 학교에 다니며 몇 년 동안 쓴 논픽션 영문소설은 라이언 교수의 교정과 편집으로 출간되었다. 출판기념회는 라이언 교수의 사회로, 다른 학생들도 글을 써 오면 라이언 교수가 도와주겠다는 약속이 있었다. 수백 명이 참석한 축복 속에 다빈치 갤러리에서 LACC 역사에 처음으로 있었던 재학생의 그림전과 대학에서 교재로 사용된 책 출판기념식이 동시에 열리게 되었다. 그녀의 일생 중 가장 화려했던 날이었다. 그리고 아들 폴 유빈 리가 부활하게 된 계절이기도 했다.

영문소설

영어 숙제로 그녀는 이민자의 애환을 그린 산문을 써냈다. 옷장 속에 잠자고 있는 원고 이야기도 적었다. 숙제를 내고 일주일이 지났을 때였다. 라이언 교수가 수업이 끝난 뒤 그녀를 잠깐 보자는 거였다.

"리사, 그 잠자고 있는 원고를 깨워 데려올 수 있겠어요?"

"네. 이미 버렸던 원곤 걸요."

원고를 라이언 교수께 갖다주었다. 여러 달이 지난 후 라이언 교수가, 번역이 잘 못 되어 원고 그대로는 책을 만들 수 없다고 한다. 장소와 시제에 연결성이 없고 도무지 이해할 수 없는 글이라 했다.

라이언 교수가 그녀에게 다시 쓰라고 권장하였다. 그녀는 손사래와 머리를 동시에 흔들며 거절했다. 자기의 영어 실력을 누구보다 잘 아는 그녀는 언감생심 꿈에도 생각해본 일이 없었다. 영어로 소설을 쓰다니, 자기가 영어 소설을 쓰면 그것은 거짓과 교만일 터이다. 하늘과 땅이 웃고 개와 소도 웃을 일이었다. 독자를 속이는 일은 물론, 먼저 자기 양심을 속이는 일이 될 것이다. 라이언 교수는 그 후에도 강의가 끝날 때마다 아직도 결심이 서지 않느냐고 물었다.

한국식으로 두 손바닥을 싹싹 빌며 할 수 없다고 알렸다. 그녀는 자기의 무능함을 밝혔다. 라이언 교수는 끝까지 포기하지 않았다. 숙제로 써내는 에세이처럼 일주일에 한두 장씩 써오면 라이언 교수가 직접 교정을 하겠다고. 그녀보다 라이언 교수가 원고에 대한 미련을 버리지 못한 이유가 있었다.

"리사, 책을 만들어 내가 강의하는 클래스의 학생들에게 가르치고 싶어요. 리사와 폴의 이민 생활 경험은 이민자가 많은 우리 학교 대학생들에게 꿈과 희망과 그리고 패기를 줄 수 있는 훌륭한 내용이라서 그래요."

그때야 이해하게 되었다. 포기를 몰랐던 라이언 교수의 집념을…. 학교에서 돌아오면 책가방을 던지고 파트타임 일을 나갔던 유빈이. 엄마의 도움을 거절하고 자기가 번 것과 용돈을 모아 노숙자를 돕던 일, 교회와 학교와 병원 등에서 펼쳐온 폴의 봉사 정신과 짧은 인생, 그리고 그녀의 파란만장했던 이민 생활이 대학생들에게 용기를 줄 수 있는 모티프가 된다면…. 그녀는 자기가 아무리 힘들어도 한번 도전해 보겠다고 결심하게 된다. 마음이 결정되자 지옥의 통로를 걸어 들어가는 기분이었다. 그녀는 산문 형식의 짧은 글을 쓰기 시작했다.

책을 쓰면서 영어가 어려워 고통스러웠다. 폴의 죽음이 되살아나 다시 괴로움과 맞서야만 했다. 세상에 힘이 안 드는 일은 아무것도 없었다. 그때마다 고통을 피해 동굴 속으로 깊숙이 도망치고 싶었다. 모든 게 싫었고 폴 곁으로 따라가고픈 마음이 어려운 일과 마주할 때마다 생겨났다. 부모와 부부는 죽으면 산에 묻어도, 자식은 영원히 가슴에 묻힌다는 말의 의미를 세월이 흐를수록 실감하게 된다. 그녀의 슬픔과 고통은 끝이 없었다. 살아갈수록 어려움을 험한 산처럼 마주하게 된다.

소년에 대한 그리움이 산의 그림자처럼 내려와 무겁게 그녀를 덮치곤 한다. 글을 쓰면서 그녀는 우울증이란 늪 속으로 깊이 침몰해갔다. 너무 힘들고 어려워 중간에 여러 차례 포기하고 싶은 생각에 짓눌렸다. 그런데 라이언 교수의 배려외 칭찬이 때때로 힘을 실어주었다. 학교 공부를 겸한 통한의 시간을 견디며 원고를 완성하는데 4년이란 시간이 걸렸다. 그녀 인생에 후회되는 게 있다면 유빈을 서울대학교에 보낸 것이고, 다음이 영어 공부를 열심히 안 해서 영문소설을 제대로 쓸 수 없었던 거였다.

라이언 교수가 일차 교정을 마치고 작은 책자를 만들었다. 학생들에게 소책자를 나눠주고 가르치며 그들의 반응을 관찰한다. 학생들의 감동이 컸다. 그녀에게 학생들의 위로와 감사의 편지가 끊임없이 날아왔다. 무엇보다 보람을 느꼈던 게 학생들의 낙관적인 편지 내용이었다. 그녀의 책에서 얻은 모티프와 기백으로 어떤 어려움도 맞서겠단다. 책의 주인공처럼 인내와 도전정신으로 목적이 있는 삶의 자세를 가지고 행동으로 실천하겠다고 했다. 대학생들의 편지를 읽으며 힘들었던 것만큼 보람된 의미의 무게를 느꼈다. 그녀는 다짐한다. 다른 이들과 청년들의 좋은 롤모델이 되는 삶이, 폴의 인생을 조금이나마 대신하게 되는 것이라고. 소년의 짧았던 삶은 오로지 남을 위한 무가지보였다고 말하고 싶다.

AIU 졸업과 런던 연수

LACC를 졸업한 그해 가을이었다. 오티스아트스쿨, 캘리포니아주립대학교(리버사이드) 그리고 AIU(American International University)로부터 합격통지서를 받았다. LACC의 성적으로 그녀는 4년제 대학교 3학년에 편입한다. 학교 수준보다 로컬 운전이 가능한 대학을 선택했다. 유빈을 잃은 고통을 잊기 위해 술을 마시고 운전하다, 고속도로에서 대형 사고를 낸 적이 있었다. 그 후유증으로 고속도로 운전이 두려웠기 때문이다. 그녀가 결정한 학교는 AIU-LA였다. 이사를 하지 않고 로컬 길을 운전해서 학교에 다닐 수 있어서 한 결정이다.

미술전문 과목이 시작되자 그녀는 물을 만난

물고기처럼 자유로웠다. 밤낮으로 그래픽 아트와 오일페인팅으로 그림을 그렸다. 낮에는 학교에서 주말에는 학원에서 그리고 틈틈이 집에서 그림에 몰입해 살았다. 개인전을 준비할 때는 하루에 열여섯 시간을 그려도 지치지 않았다. 완전히 그림에 미친 사람이었다. 아니 그림을 사랑했다. 처음엔 소년의 초상화를 그리며 취미를 붙였다. 그 후 파스텔화 그리고 수채화의 정물을 그리다가 반추상으로 옮겼다. 어느 날 갑자기 영혼의 춤을 그림으로 표현하고 싶은 열정이 생겼을 때였다. 어렵고 힘들어도 그녀는 꾸준히 구상화를 그리기 시작했다. 그림이 언덕처럼 첩첩이 높아졌다. 창고와 온 집안에 짐처럼 쌓였다. 압구정동에 사는 친구가 갤러리 오너를 소개해 주겠다며 서울에 나와 개인전을 열라고 권유했다.

그녀는 은퇴 후 새 삶을 시작할 수 있었다. 학교에 다니면서 아픔과 외로움을 극복했다. 공부하는 게 스트레스인 적이 많았다. 하지만 공부는 거룩한 노동이었다. 20대의 클래스메이트들은 그녀의 자녀 같은 친구가 되었다. 힘들고 어려운 숙제는 친구들이 해결책과 공부하는 방법을 알려주었다. 모든 것이 태산 같은 그분의 은혜라 믿어졌다.

2006년 5월 어느 날 AIU-LA의 리처드 학과장 교수로부터 전화를 받았다. 올 A로 졸업하게 됐으니 축하한다, 그러면서 졸업생 대표로 연설하라는 거였다. 그녀는 놀라서 괴성을 지를 뻔했다. 졸업생 대표로 스피치를…. 그녀는 일어나 혼자서 할렐루야를 부르며 춤을 추었다. 헨델이 메시아를 안성했을 때 그런 기분이었을까. 감사하는 의식을 노래와 춤으로 표현하고 싶었다. 그래야 실감이 나니까.

영국의 AIU-런던으로 연수 갈 준비를 해야 했다. 다른 여러 가지 일 때문에 졸업생 대표 스피치 준비를 할 수 없었다. 다른 학생에게 졸업 스피치를 양보했다. 젊은 학생은 졸업생 대표로 스피치하는 것을 얼마나 큰 영광으로 생각하겠는가. 대학원을 가거나 직장을 구하는 프로필에도 오를 만한 일이 아닐까. 그녀는 1년 만에 2년 코

스를 마치고 올 A학점으로 BFA(Bachelor of Fine Arts) 학위를 받았다. 폴을 대신한 공부여서 의미가 깊었다.

2006년 6월 대학을 졸업함과 동시에 논픽션 영문소설이 출간됐다. 라이언 교수와 칼리지의 도움으로 수백 명이 참석한 가운데 멋진 출판기념회를 가졌다. 연합뉴스의 LA 특파원 장 기자도 참석해서 축하해주었다. 특파원 생활 3년 동안 그녀 모자의 일이 가장 기억에 남는다는 기사를 써서 그녀는 감격했다. 축하는 그녀의 은인인 라이언 교수가 받아야 마땅한 일이었다.

UCLA의 학생인 대학신문 기자, 라스트는 앞으로 그녀 책을 다큐멘터리 영화로 만들고 싶다는 표현을 아끼지 않았다. 라스트 기자는 쌍둥이 동생과 함께 그녀의 이벤트에 참석해서 출판기념식 순서대로 모두 DVD에 담아 선물로 주었다. 그녀는 감동했고 고마웠다. 라이언 교수의 책읽기와 스피치가 있기 전 그녀의 인사말이 있었다. 그녀는 너무 긴장해 자기의 책 제목까지 까먹는 해프닝이 있었다. 그녀의 실수에 웃음과 박수로 분위기가 한층 고조되었다. 사람들은 남의 실수를 보고 재미있게 반응한다는 걸 그녀는 경험으로 배웠다. 영문소설 제목은《The Rich Boy Stands There Always》이다. 실수 후 책 제목이 긴 게 싫었다. 다시 기억하기에도 너무 긴 제목이 아닌가. 그녀는 삭둑 잘라《부자 소년》이라 부른다. 아무튼 책 제목은 쉽고 간단해서 독자들에게 쉽게 기억될 수 있어야 한다는 생각이다.

출판기념식이 있은 다음 날 아침이었다. 그녀는 영국으로 날아갔다. AIU-런던에서 브리티시 박물관학, 셰익스피어 문학, 그리고 아트폼(art form) 사진학 강의를 듣고 싶어서 9학점을 신청했다.

AIU-런던기숙사에서 20대 젊은 대학원생들과 생활했던 2개월은 잊을 수 없는 기록이 되었다. 그녀의 런던 연수는 인생의 중턱에 아름다운 역사처럼 새겨졌다. 그녀는 소년의 사진이 든 액자를 침대 옆에 놓았다. 학생들은 폴이 엄마를 만나기 위해 런던에 오지 않느냐고 물었다. 원생들은 잘생긴 소년을 만나고 싶어했다. 그녀는 소년이 죽었다고 말하지 않았다. 모르는 사람들 앞에서 죽음이란 단어를 사용하고 싶지 않았다. 죽음이란 말을 입술에 놓기가 싫었다. 더욱이 유빈이가 죽었다는 표현은 끔찍했다. 왜냐면 상대가 괜히 미안해하고 어색해하기 때문이다. 죽은 사람에 관해 말해야 하는 그녀 자신도 대답하기가 가슴 저리기 때문이다.

런던 AIU기숙사에서 그녀는 말썽꾸러기 5명의 딸을 얻은 기분이었다. 태산처럼 쌓인 싱크대의 설거지며 화장실과 샤워장 청소, 뱀 허물처럼 벗어놓은 옷 정리는 물론, 목욕실 쓰레기통의 생리대가 붉은 피꽃으로 고개를 들기도 했고 긴 머리칼은 하수구를 메웠다. 그걸 치우는 건 그녀의 몫이었다. 엄마가 딸을 챙기듯 그렇게 도왔다. 한때는 아들의 인분이 묻은 팬티도 더럽다고 눈 감았던 못난 어미가 그녀였는데….

연수생들은 그녀를 매우 좋아했다. 셰익스피어 글로브극장이며, 로열 오페라하우스, 코벤트

가든, 심지어 디스코텍까지 데리고 다녔다. 주말 여행으로 스페인과 프랑스를 갈 때도 그녀를 챙겼다. 그녀는 다섯 명의 딸을 뒷바라지해주는 엄마의 사랑으로 따라다녔다. 프랑스 루브르 박물관에서 다빈치의 그림 모나리자를 만났을 때 원생들은 "리사 저기 있네."라고 놀리기도 했다. 왜냐면 'The Mona Lisa' 끝 이름이 그녀의 미국 이름과 같기에. 사실 그녀의 미국 이름 리사는 성경 누가복음에 나오는 성모마리아의 이모이자 멘토인 엘리샤벳을 줄여서 부르는 이름이다. 미국 시민권 빋을 때 보증인으로부터 선물로 받은 이름이다. 리사와 폴라란 두 이름 중 그녀는 리사를 선택한 것이다. 스페인의 박물관에 갔을 때 살바도르 달리의 그림을 감상할 때였다. 달리 부인의 초상화에서 갈라를 만났을 때 "리사도 달리 같은 훌륭한 화가를 만나 갈라처럼 인생을 즐겨." 예술을 전공하는 세계에서 온 원생들과 여름학기를 함께하는 공부와 여행은 낭만과 즐거움이었다. 대학원생들은 모두 남자 친구들이 있었다. 그녀 외엔.

그녀는 이성 친구보다 연극과 오페라가 좋았다. 셰익스피어 옥외극장에서 연극 보는 걸 행복해했다. '안토니오와 클레오파트라'를 볼 때 안토니오가 배신해서 클레오파트라의 절규가 지붕이 없는 극장의 하늘 위로 솟아올라 밤하늘의 은하수를 타고 흐르듯, 템스강 물결을 따라 흘러갔다. 극장을 나와 템스강 천변을 걷는데 기타를 치며 비틀스의 '예스터데이'를 부르는 청년이 있었다. 기타를 치며 폴 매카트니의 흉내로 엄마를 즐겁게 해주던 아들 생각이 스프링처럼 튀어나왔다. 폴이 한없이 그리웠다. 그녀는 템스강 위로 펼쳐진 밤하늘을 올려다보았다. 그녀는 기회가 될 때마다 습관처럼 하늘을 올려다본다. 오렌지색 황홀한 별 하나가 그녀의 머리 위에서 아름답게 빛나고 있었다. 폴의 영혼이 빛을 발하며 엄마를 안내하고 있는 듯했다. 고개만 들면 하늘에 심어 놓은 그녀의 보석별이 다정히 속삭임을 느낀다.

런던 연수 중 그녀가 좋아했던 곳은 테이트 모던 박물관이다. 바실리 칸딘스키의 '추상화의 길'

이란 기획전을 감상할 수 있었기에. 추상미술의 아버지라 불리는 그의 그림은 빨강 노랑 파랑으로 몽환적인 색상과 관념의 난해한 곡선과 직선이 마치 갈등이 없는 상하위 차원의 영혼처럼 잘 조화를 이루고 있었다. 그녀는 화가와 영혼으로 만나 그림을 보고 듣고 사랑을 나누었다.

로열 오페라하우스에서 푸치니의 마지막 작품인 오페라 '투란도트'를 보면서 얼음처럼 차가운 투란도트 공주와 타타르의 칼라프 왕자와의 사이에서 남몰래 칼라프 왕자를 사랑하다 자결하는 류를 보았다. 참으로 기련한 환경의 여인, 류의 가슴속에 숨겨진 풋사랑은 슬픈 향기가 눈물꽃이 되었다. '굉장한 사랑의 비밀(Tanto amorre segreto)'이란 아리아를 듣는 순간 그녀는 류가 되어 눈물을 흘렸다. 자기도 류처럼 목숨까지 내줄 수 있는 짝사랑이라도 하고 싶었다. 아들을 키우면서 그녀의 마음이 왜 다른 이성에게 옮겨지지 않았는지 알 수 없었다.

영국식 발음이 이해가 안 될 때가 많았던 수강. 지하철을 수없이 잘못 타서 헤맸던 일. 온갖 희로애락이 꿈처럼 지나간 런던에서의 두 달이 공부보다 더 값진 추억을 만들었다. 아파트 건물을 정리해서 그 돈으로 미술 공부를 한 것이 참 잘했다는 생각이 들었다. 역시 소유의 삶보다 존재의 삶이 더 풍성하다는 것을 실감한 런던의 체험이고 인생 공부였다. 그녀는 은퇴 후 시간을 낭비하지 않은 게 큰 기쁨이라고 자기에게 칭찬해 주었다. 행복하든 불행하든 인간은 어차피 혼자이고 홀로 떠나게 된다. 그녀는 자기의 성숙을 위해 재혼보다, 배움을 선택한 게 가장 잘한 일이라고 생각했다. 훗날 생애를 돌아보게 될 때 값진 보화를 들여다보는 것보다 귀해서 영혼의 부자로 기억될 것 같기도…. 죽음이 명예와 재물은 데려가지 못해도 사랑과 추억은 데려간다는 말이 있지 않던가.

감회

 그녀의 삶에 으뜸은 역시 자식이다. 아이를 키
우며 교육시킬 때가 가장 큰 보람이고 즐거움이
었다. 값진 사랑이었다. 그녀는 70년대 중반 아
들의 교육을 위해 이민 보따리를 꾸렸다. 미국에
서는 그 당시 한 부모 가족도 그늘 없이 자식을
키울 수 있다는 사실을 알았기 때문이다. 그녀의
꿈도 다른 부모들처럼 자식에게 전인 교육으로
잘 키우고 싶었다. 아들 폴을, 자기에게 충족한
만족감과 사회가 필요로 하는 인간으로 키우는
게 그녀의 바람이자 소명이었다. 그래서 노력을
아끼지 않았다. 하지만 디아스포라의 길은 그리
만만치가 않았다. 낯선 나라의 언어와 문화에서
오는 고통은 충격이었다. 혼자서 직장과 아이를

키우는 일은 쉽지 않았다. 일터에 갈 때 어린이집에 아이를 맡기고 돌아올 때는 픽업해야 한다. 아이와 엄마는 서로가 지치기 시작한다.

그녀는 지인의 소개로 아이를 따뜻한 가정에서 돌봐줄 베이비시터를 만난다. 인품이 좋은 젊은 부부는 폴보다 두 살 위인 피터라는 아들이 하나 있었다. 참 잘됐다 싶었다. 외롭지 않게 형제처럼 잘 지낼 수 있을 것이라 짐작했다. 그건 그녀의 착각이었다. 주말마다 폴을 보러 가면 아이는 엄마에게서 떨어지지 않으려고 한다. 겨우 말을 배우기 시작한 아이는 슬픈 일부터 겪고 있었다. 폴은 베이비시터 부부에게 그 집 아들이 부르는 대로 마미와 대디라고 따라 불렀다. "낫 유어 마미, 낫 유어 대디."

네 엄마 아빠가 아니고 내 엄마 아빠니 따라 부르지 말라고 했단다. 피터가 떠밀어 소년이 넘어졌다고 한다. 많이 아팠다면서 이곳저곳을 보여준다. 생가슴이 찢기는 것 같았다. 피가 흐르는 괴로움이었다. 서러움 덩어리를 삭일 길이 없어 엉엉 울었다. 외국에서 홀로 아이를 키우며 돈을 벌어야 하는 일이 어떤 어려움인지 경험해 보지 않은 사람은 상상할 수 없는 일이리라. 그녀의 고통보다 아이가 겪는 고초가 더 견딜 수 없는 아픔이었다. "돈 크라이 마미. 아이 원 투 고 투 위드 유."

소년은 자기를 떼 놓을까 두려웠다. 엄마를 꼭 붙들고 같이 가겠다고 한다. 베이비시터는 그녀보고 자주 오지 말란다. 엄마가 왔다 가고 나면 아이는 밥을 먹지 않고 울음을 그치지 않는다고 한다. 남편이 돈을 벌고, 집안일을 하며 자녀를 키우는 여지가 한없이 부러웠다. 그녀는 더 이상 아들에게 상흔을 주며 키울 수 없었다. 불안정한 환경에서 자라게 할 수 없었다. 외지 생활 얼마 안 되어 아이를 데리고 한국행 비행기에 올랐다.

그녀는 언니와 상의한 끝에 초등학교에 들어갈 때까지 키워주겠다는 약속을 받았다. 평생을 두고 고마운 언니였다. 막내아들처럼 거두겠으니 걱정하지 말라고 한다. 열심히 일해 자리 잡은 후 데려가도 된다고 응원까지 하였다.

자식을 떼 놓은 어미는 가슴 밑에 고름 주머니

몇 개를 달고 사는 격이다. 그 주머니가 언제 터질지 항상 조마조마한 심정이다. 엄마는 아들을 하루빨리 데려오기 위해 정신없이 일만 하며 살았다. 밤늦게 하는 빌딩 청소나 건물 페인트 같은 험하고 힘든 막노동도 가리지 않았다.

　3년을 그런대로 지낸 뒤 그녀는 언니로부터 심장 떨리는 소식을 접하게 된다. 아이가 모험심이 많아 온갖 사고를 일으킨다는 거였다. 세발자전거로 버스와 경주를 하면서, 버스 옆에 붙어서 달리는 것을 이웃 주민이 목격하고 끌고 온 적이 있었다. 그 이웃 남자는 아이에게 교육을 제대로 가르치지 않는다고 언니에게 호통을 쳤다고 한다. 그게 사건 발단의 일부였다. 언니는 동생이 자식 걱정하게 될 것 같아 조용히 넘기려 하였다. 그런데 아이의 모험은 끝이 없었다. 언니는 긴 한숨을 몰아쉬면서 말을 이었다.

　햇살이 쨍쨍한 맑은 날 소년은 우산을 들고 현관을 나섰다. 이상한 느낌이 든 언니가 아이를 불러 왜 우산을 갖고 나가느냐 물었다. 텔레비전에서 본 대로 우산을 타고 날고 싶다고 했단다.

엄마가 그리워 날아서 엄마를 찾아가려고 했던가. 결국 아이는 타월을 어깨에 날개처럼 달고 이모의 눈을 피해 현관을 빠져나갔다. 그녀의 언니가 사는 빌라의 옥상에서 뛰어내려 개구리처럼 납작하게 된 소년이었다. 발견한 큰조카가 업고 병원에 데려갔다고 한다.

그녀가 유빈을 데리러 한국에 가려던 무렵이었다. 언니는 또 한 번 가슴을 쓸어내렸다. 십년 감수했다고 긴 한숨을 몰아쉬면서 어서 아이를 데려가라 다그쳤다. 유빈이가 친구 따라 교외에 있는 강에 물고기를 잡으러 갔다. 그런데 폴은 엄마가 사준 신이 떠내려가자 그것을 잃지 않으려고, 마치 엄마를 잃지 않으려는 듯 버둥대다 강의 물살에 휘말려 떠내려갔다. 낚시하던 수호천사가 이 장면을 목격하고 뛰어들어 아이를 건져주었다. 언니는 그 수호천사를 찾아 고맙다고 인사를 하고 싶었으나 찾을 길이 없었다.

마치 한 소년에 대한 성장 소설을 듣는 것 같았다. 주인공이 바로 그녀의 아들 폴 유빈이라니, 놀란 가슴이 계속해서 벌렁거렸다. 홀어미의 자식이 겁쟁이 아닌 모험심이 강해서 참 다행이란 억측도 부려 본다. 미래의 탐험가가 되려나. 폴이 원하면 우주의 탐험가가 되겠다고 해도 뒷바라지해주고 싶었다. 그녀는 아들이 미국에 돌아오면 좋아하는 것을 찾아 마음껏 할 수 있는 기회를 만들어 줄 터이다. 언니에게 자식 맡긴 죄로 그녀는 수십 번이나 미안하다고 용서를 빌었다. 폴에게는 국제전화로 희망의 말을 해 주었다.

"유빈아, 우리 유빈이가 미국에 오면 하고 싶은 것 모두 하게 해주고 가고 싶은 곳은 다 데리고 갈게요."

그녀가 아이에게 존댓말을 해야 유빈도 존댓말을 배울 수 있기 때문이다.

"네. 엄마 언제 와요? 빨리 오세요. 기다리고 있어요. 엄마가 아주 많이 보고 싶어요."

베이비시터 아들 피터에게 배운 영어는 몽땅 다 까먹고 한국말을 유창하게 잘해서 놀랐다. 한국말을 잘하는 것은 큰 수확이 아닌가. 그런데 미국에 오면 또다시 영어를 익혀야 한다. 아이가 혼란해 할 것을 생각하니 미안하고 마음이 아팠다.

"우리 유빈이 데리러 빨리 갈게요. 엄마도 우리 유빈이 많이 보고 싶어 사랑해요."

그녀는 당장이라도 한국에 가서 아들을 데려오고 싶었다. 유빈이가 어릴 때 베이비시터의 집에서처럼 유리창에 기댄 강아지처럼 엄마를 기다릴 것을 생각하니 가슴이 미어졌다. 단박에 한국으로 날아가고 싶었다.

언니는 동생의 자식을 맡아 키우면서 고생이 많았다. 그녀는 언니에게 죄인이었다. 언니가 아들을 봐준 덕분에 그녀는 아들과 살 수 있는 안정된 아파트 건물을 마련할 수 있었다. 언니의 수고와 희생을 생각하면 고마움뿐 아니라, 존경하는 언니와 늘 함께 살고팠다. 언니의 자녀들이 모두 출가하고 자유로워지면 언니를 미국으로 모셔 섬기며 살고 싶었다. 언니가 동생의 아들을 키워준 대가가 아니라도 그녀는 언니를 사랑하는 친정어머니처럼 모실 생각을 하고 있었다.

소년이 다시 미국에 돌아온 날부터, 그녀는 그

동안 베풀지 못했던 아들에 대한 사랑을 아낌없이 표현하였다. 소년은 컴퓨터를 갖고 싶어했다. 이모 집에서 좋아하는 게임을 실컷 하지 못해서였다. 소년은 컴퓨터프로듀서인 아빠를 닮아 선천적으로 컴퓨터를 잘했다. 그녀가 관리하는 아파트 입주자들에게 보낼 편지 등 여러 가지 일들을 매니저처럼 척척 도와주었다. 그녀는 아들이 참으로 자랑스러웠다. 소년이 서울대학교로 연수를 가기 전까지 그들 모자는 떨어져 살지 않았다. 서울대학교에서 일어날 사고를 예감했다면, 유빈을 언니에게 보내지 않고 금쪽같은 시간을 더 많이 함께했을 터이다. 여름학기였으나 명문대학교로 보낼 욕심을 부린 게 끝없는 후회를 낳았다. 이미 지나간 일들이 미련스럽게 수시로 그녀의 마음을 헤집어 놓았다.

마지막 정의

런던 연수를 다녀온 후 그녀는 사유의 시간을 가졌다. 인생 후반전을 디자인하는 알찬 시간이었다. 생의 일모작은 살기 위해 일했었다. 이모작으로 대학에 다시 입학해서 그림을 공부했다. 삼모작은 시니어를 위한 미술치료와 심리상담으로 봉사활동할 과정을 준비하고 싶었다.

졸업한 AIU-LA에 갔다. 성적증명서와 졸업증명서를 떼서 캘리포니아주립대학교(노스릿지) 대학원에 아는 교수님의 추천서 두 통과 함께 보냈다. 그 후 학교에서 보낸 연락을 받고 학과장을 찾아갔다. 파인아트 신입생 담당교수로부터 몇 번의 어려운 테스트를 받았다. 그리고 학교에서 지정해 주는 날 16점의 그림을 가지고 학교에 가서 6명의 심사 교수들로부터 실기 평가도 받았다. 얼마 후 합격통지서가 푸른빛 날개를 달고 날아왔다. 그녀는 어린아이처럼 양손을 하늘로 높이 들고 할렐루야를 다시 외치며 기뻐서 풀쩍풀쩍 뛰었다.

　모든 것은 꾸준히 노력하면 안 될 일이 없었다. 아프면 통곡하고 좋은 일은 춤추며 기뻐하는 게 그녀의 의식이고 삶의 한 방법이기도 했다. 그래야 온전히 자기의 현실로 실감할 수 있기에. 실패했을 때는 바닥 깊이 내려가 끝까지 아파도 봤다. 그리고 다시 깨어나면 상처의 흔적마저 사랑하게 된다. 아픔도 피하지 않고 받아드려 환대하면 기쁨으로 전환될 수 있음으로.

　후반전 무대를 미국의 젊은 학생들과 대학원에서 시작할 수 있기에 좋았다. 그녀는 날듯이 기뻤다. 아니, 행복했다. 반면에 폴에게는 미안한 마음이었다. '엄마가 우리 유빈이 대신 공부해서 네게 갈 때 졸업장과 찬양과 사랑 모두 다 가져다줄게.' 그녀는 말이 안 되는 말로 스스로를 위무한다.

대학원을 다니면서 그녀는 마음의 여유를 가졌다. 은퇴 후의 공부는 그녀 자신의 내면을 성장시키기고 봉사활동의 준비를 위함이었다. 또한 배움은 이웃을 위한 것이기도 했다. 그래서 타인을 위하는 일에 신경을 썼다. 지역사회에 그녀를 필요로 하는 곳을 찾아 도왔다. 무기수에게 희망의 편지를 보내는 일도 게을리하지 않았다.

  어느 날이었다. 그녀는 선배 봉사자를 따라 벧양로병원에 갔다. 그곳의 시니어들이 어린이로 되돌아가 기저귀를 차고 살았다. 그분들은 자식들이 찾아오기를 기다리며 지내는 게 꿈이고 희망이었다. 그러나 자식들은 자기네 삶이 바빠서 자주 부모님을 찾지 못하는 게 현실이다. 연세가 드신 부모들은 자식에 대한 그리움을 안고 살아가고 있었다. 마치 어린이가 엄마를 기다리는 격이었다. 윤 할머니가 자식보다 낫다면서 그녀의 손을 붙잡고 조금만 더 있다 가라고 사정하신다. 할머니의 소원대로 한참을 더 있으면서 기도로 마음을 편하게 해드렸다. 남의 일 같지 않은 생각이 들었다. 자기는 훗날 누굴 기다리고 그리워하며 살게 될까를…. 슬픈 그림자가 그녀의 가슴을 가르며 지나간다. 언제나처럼 힘든 일이 생기면 그분의 말씀이 위안이 된다. '두려워 말라 내가 너와 함께 함이니라 놀라지 말라 나는 네 하나님이 됨이니라 내가 너를 굳세게 하리라 참으로 너를 도와 주리라 참으로 나의 의로운 오른손으로 너를 붙들리라'(이사야 41:10)

인생 후반전 마지막 단계가 문제였다. 주변 사람들에게 피해가 안 가도록 잘 준비해야겠다고 다짐하게 된다. 예를 들면 소식하고, 운동 열심히 해서 건강한 몸과 마음으로 타인에게 민폐가 되지 않고 남을 도우며 살고 싶었다.

최근에 그녀가 즐겨하는 일은 교회에서 주관하는 평생학습원에서 독서지도사와 독서코치 반에서 학습자들의 숙제를 도우며 봉사하는 일이다.

매주 책을 한 권씩 읽고 감상문을 발표한다. 둥근 테이블에 둘러앉아 독서토론을 하며 서로는 서로에게 배운다. 성장해가는 시니어 학습자들을 보면 즐거운 보람을 느낀다. 심리상담을 해드

리며 봉사하는 일을 사랑에 빠져 하다 보면 자연
학교 숙제가 소홀해진다. 그러나 자신의 공부는
문제가 되지 않았다. 은퇴한 나이에 대학원에서
하는 공부도 가치가 있지만, 치매 예방이 될 공
부를 시니어들을 위해 봉사할 수 있다는 게 더
큰 즐거움이다. 결국은 좀 더 나은 자아와 타인
을 위해 봉사하고자 공부하는 게 아닌가 말이다.

　여러 가지 일로 바빴다. 유빈을 더 이상 용인
의 산등성에 그대로 방치해 둘 수 없었다. 용인
에 계신 권 목사는 몇 년 전부터 폴의 천묘 문제
를 도와주기로 약속하셨다. 권 목사는 수십 년
전부터 그녀 모자의 교육 조언자였다. 30년 넘
게 로스앤젤레스에서 목회하셨던 분이 용인의
모 대학에 총회장으로 와 계셨다. 이해가 가지
않는 일이었다. 마치 그녀의 일을 돕기 위해 권
총장은 미리 용인에 와 계시기로 예정된 분 같았
다. 참으로 믿어지지 않았다. 결코 우연이 아니
었다. 권 총장이 그곳에 계셨던 것은, 소년의 마
지막 길을 인도해 주기 위한 그분의 배려였다고,
그녀는 사랑이라 정의를 내렸다.

애도, 영혼의 꽃잎으로

한국으로 나가기 전 그녀는 꿈을 꾸었다. 꿈속에서 소년은 신나게 웃으면서 배를 타고 태평양으로 떠났다. 얼마나 바다로 가고 싶었으면 그가 바다와 연관되는 꿈을 수차례나 꾸게 했을까. 편지를 후원하는 교도소 형제의 일을 도와줘야 했음에도 불구하고, 권 총장과의 약속을 지키는 게 우선이었다. 그녀는 소년을 미국으로 데려와서 바다로 보내주기 위해, 모든 봉사활동을 접고 서울로 날아갔다. 바쁠 때는 몸이 여러 개였으면 좋겠다는 생각이 들었다.

화장하기 전날 밤 그녀는 두려움에 떨었다. 사랑하는 폴을 유골로 만나야 할 끔찍한 순간을 생각하자 잠이 오지 않았다. 그녀는 자기를 믿을 수 없었다. '또 졸도하면 어떻게 하지.' 절대로 쓰러져서는 안 되는 거였다. 사랑하는 동생과 마리아에게 더 이상 걱정을 끼치면 미움받을 존재가 될 터이다. 뼈들과 상봉할 것을 생각하자 두려움이 앞섰다.

권 총장과 동생은 그녀가 힘들면 용인 산소와 수원 화장터에는 오지 말라고 했다. 일을 잘 마무리해줄 테니 홈스테이에서 쉬라고 한다. 그녀는 그럴 수 없었다. 설사 실신하는 일이 생겨도 폴을 만나고 싶었다. 장례식 때 혼절하여 인사 못하고 먼 길을 홀로 보낸 게 누고두고 한이 되었다. 그녀는 마지막이 될 뼈와의 상봉이 절대적이었다. 뼈도 유빈이기에 그라 생각하며 꼭 만져보겠다고 마음먹었다. 그녀를 따라오지 못하게 할 권한이 아무에게도 없었다. 그 일만큼은 그녀의 권리였다.

렌트한 도곡동 홈스테이에서 화장火葬하기 전날 밤 꿈을 꾸었다. 참으로 신기한 꿈이었다. 그녀는 안내자의 소리에 이끌려 어느 통로를 따라

걸었다. 길목 바깥은 푸른 나무들이 무성히 우거진 숲속이었다. 그녀는 인도하는 목소리를 따라 한참 더 갔다. 길이 끝나는 곳에 깨끗하고 아담한 흰 집 한 채가 있었다. 하얀 집은 그림처럼 초록 숲속에 앉아 있었다. 그녀의 집이었다. 방문을 열고 들어서니 평소처럼 폴이 침실에 기대어 앉아 있다. 활짝 웃는 얼굴로 "하이, 맘!" 인사를 한다. 눈물이 울컥할 만큼 반가웠다. 유빈이 옆에는 어린이가 한 명 있었다. 둘은 친하게 놀고 있었다. 그 어린 사내아이를 유빈의 동생으로 양자 삼아 서로 외롭지 않게 해 주고 싶었다.

그때였다. 한 여인이 양손에 큰 가방 한 개와 작은 손가방 한 개를 들고 그녀의 집으로 들어온다. 그녀는 여인을 반갑게 맞이하며 자기 아들 둘을 잘 봐 달라 부탁하고 일을 보기 위해 밖으로 나갔다. 꿈속에서 그녀는 어딜 다녀왔는지 기억이 나지 않았다. 숲속의 그 집에 돌아오니 집에는 아무도 없었다. 그녀는 그 여인이 자기의 두 아들을 훔쳐 갔다고 울부짖으며 아이들을 찾았다. 옷장과 목욕실 문을 열었으나 집안에는 아무도 없었다. 그녀는 밖으로 뛰쳐나갔다. 울면서 숲속을 헤매는데 가까운 거리에 흰 고층 건물이 보였다. 뛰어 올라가 문을 열었다. 그곳에는 평소 그녀가 존경하는 신앙의 조언자가 계셨다.

"…모…모…모…옥……."

그녀는 안간힘을 다해 그를 불렀다. 아무리 애써 불러도 말이 목에 걸려 입 밖으로 나오지 않는다. 그녀는 답답하여 가슴을 치며 울었다. 울고 난 후 말이 소리가 되어 입 밖으로 터져 나왔다.

"목사님, 어느 여인이 와서 우리 아들 둘을 훔쳐 갔어요."

"그 여인은 천사예요. 아들과 그림자는 천국으로 갔어요."

"목사님! 감사합니다."

멘토의 그 말에 절로 눈물이 그쳤다. 목 안이 풀리며 미소가 번졌다. 그녀는 자기 집이라는 푸른 숲속의 흰 집으로 돌아왔다. 여인이 들고 왔던 두 개의 보따리 중 큰 것은 없어졌다. 그녀의 근심과 걱정이 큰 가방에 담겨 모두 천국으로 간 것일까. 작은 가방 하나 달랑 응접실 바닥에 남겨져 있었다. 그녀는 가방을 열었다. 아주 오래된 큰 책 한 권과 백색 도자기로 된 빈 접시 두 개가 들어 있었다. 무슨 뜻일까. 큰 책 한 권과 빈 접시 두 개. 도무지 무슨 의미인지 해석할 수 없었다. 유빈을 따라다니던 그 귀여운 어린 왕자처럼 예쁜 소년은 누구였을까. 그녀의 심장에 박혀 있던 또 하나의 폴이 빠져나가 함께 하늘나라로 간 것일까. 온갖 상념이 분주히 스토리를 만들었다.

그들은 천국으로 갔다고 멘토가 말했듯, 그 천국은 어느 행성을 말하는 것일까. 천국이란 곳이 있을까. 알 수 없으니 있다고 믿고 싶었다. 그래야 훗날 폴을 만날 소망이 있고 그녀의 마음이 편할 수 있으니까. 아니야, 천국은 있어. 계시록에서 천국을 보여주셨어.

두려운 마음으로 잠이 들었는데, 아침에 일어나니 기분이 상쾌했다. 이상한 일이었다. 소년이 천국에 갔다는 멘토의 꿈을 꾸고 난 후 그 순간부터 두렵거나 무섭지 않았다. 참으로 꿈같은 일이 꿈으로 해석되었다. 가슴의 아픔도 없어졌다.

유빈을 애도하는 글을 쓰고 있는 현재 아들은 침묵으로 엄마를 지켜보고 있다. 꽃과 촛불을 친구삼아 헨델의 메시아 중 할렐루야를 듣는다. 지난날 그리스도의 수난과 죽음을 생각했을 때 통곡하며 들었던 수난곡도, 이젠 평화의 선율로 들리는 게 다행이었다.

벼락과 비바람 폭풍우가 몰아쳤던 긴 고뇌의 여정이 끝났다. 그녀가 떠날 때 함께 가려고 남겨둔 유골을 보내려고 한다. 8월 1일, 폴의 기일이다. 그의 생일날이나 기일 중 한 날을 택해서 꿈에서 부탁했던 대로 바다로 보내 줄 생각이다. 소년이 서핑을 즐기던 산타모니카와 말리부, 태평양 서해안에 가서⋯. 아니면 새로운 터전을 마련한 한국의 해안가는 어떨까 생각해 본다. 그녀가 어디에서나 바닷물 어싱을 하면 파도를 타고 밀려드는 그는 그녀와 하나로 만나겠지. 마치 태중에 그가 존재했을 때처럼.

세상에 없는 소년, 그의 이름을 남기는 일에 헌신하며 살았던 그녀. 죄값을 치르기 위해, 상처를 잊기 위해 온갖 봉사와 여행에 시간을 바쳤다. 그리고 영혼의 장성을 위해 몸부림치며 배웠다. 소년의 죽음과 이름, 무덤에서 벗어나지 못했던 집착을 분골로 완성하여 바다와 수목장으로 보냈다. 그녀가 그와 함께 가려고 남겨둔 작은 상자 속의 소년은 곁에서 쉬고 있다. 머잖아 소원대로 태평양 바다로 가서 좋아하는 파도를 타게 될 터이다. 동시에 그녀의 인생을 가렸던 먹구름도 완전히 걷히게 될 것이다. 남은 삶을 나눔과 묵상으로 기도의 운전대를 잡고 싶은 그녀다. 눈물이 있는 곳에 웃음 꽃다발로 기쁨과 사랑을 실천하는 걸 본다면, 소년의 영혼도 안식을 누릴 것이므로.

그녀의 인생은 시련을 겪으면서 삶을 재조명하게 된다. 생의 폭풍우는 남은 날을 위한 값진 변곡점이 되었다. 마지막 가는 길 위에서 소년의 몫까지 더 성실히 살아야겠다고 다짐하는 그녀의 얼굴에 환한 꽃 그림자가 번진다. 갸륵한 삶은 귀천도 순리로울 터. 언젠가 그날이 오면 영혼의 꽃잎으로 날아 그의 곁으로 올라가게 될 꿈

을 꾼다. 그녀는 그렇게 믿는다. 믿음은 바라는 것들의 실상이라 했으니 (히브리 11:1)

그날까지, 그녀는 시간을 아끼고 사랑하며 살려고 한다. 그분의 우주적인 사랑 안에서 형제자매 친구들과의 우정 그리고 이웃과 지역사회를 위해 이바지하며 살고 싶은 그녀다. 소년이 중고등학교 때 아르바이트로 모은 정성으로 불우이웃을 도왔던 것처럼. 푸른 별에서 와서 푸른 별로 돌아간 소년. 그녀는 먼저 간 살붙이를 깊이 애도하고 떠나보낸다. 이별은 만남을 예비하기에. 더 좋은 천국에서 다시 만날 날을 그리며….

이향영 팩션소설　별에서 온 소년

| 『별에서 온 소년』 평설 |

사랑의 품격으로 빚은
초월적 슬픔의 미학

정유지
(문학평론가, 경남정보대 교수)

사랑의 품격으로 빚은 초월적 슬픔의 미학

– 이향영 팩션소설 『별에서 온 소년』의 작품세계

정유지(문학평론가, 경남정보대 교수)

1. 애도를 넘는 여정, 기억으로 걷는 길

"인간은 글을 쓰는 존재일 때, 진정으로 존재한다."

이향영은 현실을 예리하게 포착하고, 그 이면의 심리적·사회적 층위를 드러내는 작가로 평가할 수 있다. 그의 작품 속 인물들은 고통, 소외, 기억, 죄의식 등의 문제를 안고 살아가며, 글을 통해 내면의 진실을 드러내고자 한다. 이는 글쓰기를 통한 자아 탐색과 치유의 과정이자, 인간 존재에 대한 근원적 질문과 맞닿아 있다. 더 나아가 이향영 소설가를 한마디로 소개하면, '글을 쓰는 인간'인 '호모 스크리벤스Homo Scribens'로 명명할 수 있다. '호모 스크리벤스'는 라틴어로 '쓰는 인간'을 의미하며, 인간을 '글을 쓰는 존재'를 뜻한다. 이는 인간이 언어를 매개로 사유하고, 기록하고, 의미를 창조하는 존재라는 점을 강조하고 있다. 단순히 생존을 위한 '호모 사피엔스'가 아니라, 기억을 남기고, 세계를 해석하며, 존재를 증명하기 위해 글을 쓰는 존재라는 인류학적 관점이다. 글 쓰는 인간 존재에 대해 논하는 것은, 인간이 단순한 생물학적 존재를 넘어 '쓰는 존재'로서 정체성을 갖는다는 관점에서 접근할 수 있다. 이향영의 작품세계와 작가적 태도는 이러한 관점과 깊은 연관을 지닌다. 그의 인물 캐릭터는 글쓰기 자체를 통해 침묵을 깨고, 자기 존재를 확증하려는 존재들이다. 이향영의 글쓰기에서 드러나는 인간 존재의 본질은 다음과 같은 점으로 요약할 수 있다. 글쓰기는 저항이다. 말할 수 없고 들리지 않는 세계 속에서, 글은 하나의 침묵에 맞서는 방식이며, 존재를 증명하는 유일한 수단이다. 글쓰기는 기억이다. 인간은 망각하는 존재이지만, 글을 씀으로써 기억을 구조화하고 과거를 소환한다. 글쓰기는 곧 기억의 정치이자 존재의 기록이다. 글쓰기는 타자와의 대화다. 인간은 혼자 글을 쓰지만, 항상 타자와의 소통을 전제로 한다. 이향영의 글에서도 고독한 인물이 결국 타자를 향한 말 걸기를 시도하는 모습을 통해 인간 존재의 관계적 본질이 드러난다. 이향영의 소설은 인간이 고통 속에서도 왜 글을 써야 하는지, 글쓰기를 통해 어떻게 인간답게 살 수 있는지를 보여준다. 호모 스크리벤스로서 인간은, 언어를 통해 세계를 재구성하고, 자신의 내면을 해석하며, 타자와 연결되는 존재다. 이향영의 작품은 이 '쓰기'를 존재의 본질로 끌어올려, 글쓰기의 인간학적 의미를 증명한다.

팩션소설『별에서 온 소년』은 과거를 품은 미래다. 사적인 애도가 어떻게 공적인 언어로 승화되는지를 보여준다. 한 개인의 고통이 사회적 나눔으로 확장되고, 죽은 아들이 문학 속에서 다시 살아나며, 삶 전체가 한 편의 시처럼 재구성된다. 그 과정에서 이향영은 묻는다.

"그대의 패기는 사랑입니까, 미움입니까?"
그 질문 앞에서, 우리는 작가처럼 말할 수밖에 없다.

"마음 다져 살아가는 한, 미움조차 사랑이 됩니다."

이향영의 팩션소설 『별에서 온 소년』은 생의 가장 깊은 슬픔인 '자식의 죽음'을 안고 걸어가는 한 어머니의 '애도기'이자, 그것을 넘어선 존재적 순례기이다. 또한 육체의 상처와 영혼의 결핍을 통과하며 '추모의 방식'을 찾아가는 내면의 여정을 그리고 있다. 제목에 투영된 '소년'이란 이향영 작가의 분신과도 같은 아들 'PAUL EUBIN LEE'로 추정할 수 있다. 여기서 PAUL EUBIN

LEE의 존재적 흔적은 작품의 감정적·윤리적 축을 형성한다. 유골과의 포옹, 바다로의 귀환, 꿈속 교감은 단순한 회상이 아니라 살아 있는 기억의 증거이자, 남은 자의 책임과 사랑을 증명하는 서사적 장치다. 이러한 흔적은 개인적 상실을 집단적 공감과 연대의 윤리로 확장시키며, 애도의 보편적 의미를 부각한다.

『별에서 온 소년』은 작가가 걸어온 삶의 흔적, 곧 고통을 넘어선 의지와 사랑이 담겨 있다. 이향영은 슬픔을 통해 글을 쓰고, 글을 통해 나누며, 그 나눔을 다시 사랑으로 환원시키는 이 시대의 드문 존재다. 소설 전체를 관통하는 정서와 미학은 문학적 감동을 넘어 실천적 감화로 이어진다.

이 소설은 아들 '폴 유빈 리'의 죽음을 둘러싼 '이장移葬'과 '화장火葬', 그리고 '애도와 기념'의 여정을 축으로 구성된다. 여기에 작가의 실제적 삶의 경험이 정교하게 투영되어 있어, 작품은 다큐멘터리의 리얼함과 시적 고백의 서정성을 동시에 품는다. 소단락별로 나누어진 구성은 마치 작가가 삶의 파편들을 하나하나 정돈하듯, 절제된 감정으로 독자에게 내밀히 다가온다.

이향영(李香永, Lisa Lee) 작가는 1943년생으로 미국과 대한민국의 복수국적자이며, 미국에서의 성공적인 삶을 정리하고 귀국한 후 현재 부산에서 '기증 작가'로 활동하고 있다. 아너소사이어티 Family 회원으로 전국 기부 대상과 부산시장상을 수상한 '기부 천사'로, 문학과 예술, 그리고 삶을 통해 나눔을 실천하는 진정한 이 시대의 작가다.

이향영 작가는 비극적 초월이 깃든 산문적 프레임Frame으로 깊은 사색의 집을 짓고 있다. 이향영 작가는 그 사색의 창을 밝히고 있다.

이향영 작가는 시심을 아름답게 풀어놓는 소설가이다. 이향영 소설의 미학적 세계는 크게 세 가지 경향을 보인다.

첫째, 산문의 시적 밀도를 견지하고 있다. 소

설의 대부분은 산문 형식이지만, 시처럼 압축되고 비유적인 문장들로 구성되어 있다. 감정을 명료하게 전달하면서도 독자로 하여금 상상과 여운을 남긴다.

둘째, 기억의 공동체화를 형성하고 있다. 자식의 죽음이라는 개인적 비극을 공공의 애도로 전환한다. 애도는 그녀의 문학을 통해 '기억의 공유'로 승화되며, 이는 곧 나눔과 기부의 문학적 형식이 된다.

셋째, 삶-예술-기부의 삼위일체 서사 구조를 가지고 있다. 작가는 자신의 삶, 창작, 기부 활동을 하나의 윤리적 순환 구조 안에 배치한다. 그녀의 문학은 행위로서의 예술, 영혼을 치유하는 사회적 문학이다.

작가는 먼 길에 대한 특화된 캐릭터를 구축하고 있다. 바로 「먼길」에서 이를 확인할 수 있다.

"하얀색 보자기로 싼 유골을 흰 면장갑을 낀 직원으로부터 건네받아 가슴으로 안는다. 어릴 때 더블 에이치(Heart와 Heart 두 사람의 심장이 겹치는 포옹)로 인사하자며 그녀의 품에 달려와 안기는 걸 좋아하던 폴을 그리워하며, 얼굴을 유골 상자에 묻는다. 그녀의 가슴뼈도 검은 가루가 된다. '그래, 너와 난 결국 망해가 된 더블 에이치로 다시 해후한 거다."

— 「먼 길을」 중 일부

인용된 것은 서사적으로 '애도 서사의 절정'에 해당한다. 작가는 아들을 품었던 육체의 기억과, 이제는 차가운 재가 된 아들의 유골을 동일한 포옹의 이미지로 겹쳐놓는다. '더블 에이치(Heart와 Heart)'라는 은유는 개인적 기호를 넘어, 생과 사를 잇는 상징적 장치로 작동한다. 작가는 이 포옹이 시간과 공간을 초월한 재회이자, 물리적 단절 이후의 영적 연결임을 진술한다. 이는 바슐라르가 말한 '기억의 시학'의 전형적인 구현이다.

'더블 에이치'라는 사적인 암호는 단순한 애정의 표현을 넘어, 생과 사를 관통하는 영혼의 비밀 부호로 구동한다. 유골 상자에 얼굴을 묻고,

그 상자가 이제는 더 이상 죽음의 상징이 아니라, 영원한 연결을 상기시키는 매개체로 변모하는 순간, 이는 단절이 아니라 변형된 재회로 변한다. 작가는 그 순간에 한 인간의 생애를 품은 '작은 우주'를 껴안으며, 과거와 현재, 삶과 죽음이 교차하는 지점임을 포착한다.

이 포옹은 물리적 재회가 아니라, 기억 속에서 되살아난 영혼의 만남이다. 죽음 이후에도 계속해서 이어지는 이 영적 교감은, 사적 애도가 곧 보편적 인간 연민으로 확장되는 지점이다. 이제 아들과의 포옹은 개인의 상실을 넘어, 모든 존재의 유한함과 그 속에 숨겨진 사랑의 영원성을 증명하는 순간으로 승화된다. '더블 에이치'라는 사적인 기호는, 모든 이가 경험할 수 있는 깊은 인간적 연대와 애도의 보편성을 상징하는 코드로 변모한다. 더 나아가 그 통합된 사랑은, 결국 인간 존재의 끝없는 순환과 끊임없는 재결합의 가능성을 내포한 초월적인 미학으로 다가온다.

작가는 죽음과 삶에 대한 진실된 고백을 한다.

「몸 관찰」을 통해 확인할 수 있다.

"그녀는 빠르게 일어났다. 머리부터 발끝까지 검진을 받으려고 각 과를 찾는다. 수면상태에서 상부위장관 내시경이 시행된다. 당시에는 통증을 몰랐으나 조직검사를 위해 살점을 떼어낸 자리가 조금 아팠다. 위장에 이상이 생긴 것 같아 조직검사를 했단다. 대장에서 선종성 용종을 제거했다고 한다. 종합건강검진을 받는 데 총 6시간이 소요됐다. 미국 같았으면 약 2개월쯤 걸리지 않을까 싶기도. 미국의 병원 시스템은 예약해 놓고 기다리는 시간이 길다. 앞으로 검진이나 수술받을 일이 있으면 꼭 한국에 나오고 싶었다."

– 「몸 관찰」 중 일부

건강검진의 묘사는 단순한 신체 관리의 기록이 아니라, 생존자의 의무를 성찰하는 계기로 확장된다. 육체를 보존하는 행위는 곧 '존재를 보존하는 약속'이며, 이는 자기 생존을 넘어 타인과 세계에 대한 책임의 전제다. 살아남은 자의 자기 돌봄은 필연적으로 '남은 생을 어떻게 인류와 공유하고 기여할 것인가'라는 도덕적 · 문명적 물음으로 귀결된다. 이 장면에서의 자기 성찰은, 개인의 몸이 곧 공동체와 인류의 미래를 지탱하는 하나의 매개체임을 항변한다.

몸을 돌보는 일은 더 이상 사적인 생존의 차원에 머물지 않는다. 그것은 삶을 연장하는 기술이자, 더 나아가 삶의 방향을 사유하게 하는 윤리적 실천이다. 작가는 자신의 몸을 관찰하며, '살아 있음'이 곧 '책임지는 삶'임을 자각한다. 이는 단지 생명을 유지하는 것을 넘어, 남겨진 삶을 어떻게 더 의미 있고 공적인 차원으로 열어갈지를 묻는 진솔한 고백이다.

작가는 굴곡진 인생 속에서 사유의 깃을 턴다. 「풍경」에서 이를 확인할 수 있다.

"수원연화장에 도착한다. 다비 과정은 그녀의 동생이 맡았다. 용인 처인구청에서 이장 신청을 보고할 때 들었던 말을 수원연화장에서 똑같이 듣는다. 윤달이 있는 5월이면 바빠서 며칠 전 예약은 불가능하단다. 윤5월이 아닌데도 구청이나 연화장은 붐볐다. 병원에 가면 수많은 환자가 있듯. 화장터에는 끊임없이 사람의 목숨이 한 점 가루와 연기로 사라져가고 있었다. 곳곳에서 가족을 잃고 오열하는 대성통곡이 마치 짐승의 비명처럼 들렸다. 울음은 슬픈 꽃잎이 되어 연화장 안으로 날아다녔다."

─「풍경」중 일부

작가는 수원연화장의 '풍경'을 통해 '집단적 애도'의 공기를 포착한다. '꽃잎'이라는 시적 이미지가 '오열'이라는 원초적 비명과 결합하면서, 작가는 '화장터'의 공간을 죽음의 장소가 아닌 '슬픔의 꽃이 피는 공동체적 무대'로 재인식하고 있다. 이는 죽음을 개인적 상실로만 그리지 않고, 사회적 경험으로 확장시키는 이향영 특유의 서사 전략이다. 꽃잎은 한 생의 완결을 의미하는 동시에 또 다른 시작의 씨앗을 품고 있다. 오열을 꽃잎으로 비유한 그 순간, 죽음은 단지 끝이 아니라 순환과 재생의 한 축으로 자리 잡는다. 이 대목에서, 죽음은 파괴적인 종말을 넘어서, 삶과 이어지는 연결 고리로서 존재한다.

이는 전 세계의 장례문화 속에서 공통적으로 발견되는 '죽음의 미학' – 죽음이 단순히 물리적인 소멸을 넘어, 삶과 죽음의 순환적 관계를 드러내는 방식 – 과 맞닿아 있다. 죽음을 부정적이고 고립된 사건으로 그리지 않고, 그것을 공동체의 애도와 치유의 과정으로 승화시키는 작가의 서사는, 삶과 죽음이 끊임없이 얽히며 흐르는 자연의 법칙을 한층 더 선명하게 육화시키는 문학적 장치로 볼 수 있다.

작가는 폴의 또 다른 분신, 유골과의 대화를 시도한다, 「분골」에서 이를 확인할 수 있다.

"그녀는 사랑을 등에 업고 집에 도착한다. 미켈란젤로가 늦게 작업하다 미완성으로 남겨진 '론다니니 피에타'가 떠올랐다. 예수가 마리아

를 업은 모성을 형상화한 조각이다. 그녀는 업
었던 사랑을 내려 테이블 위에 자리를 마련해
준다. 도착하자마자 가까운 친구에게 전화한
다. 즉시 배달로 보내준 붉은 장미 바구니와 쇠
고기 육포 그리고 초콜릿을 유골 앞에 놓고 촛
불을 켠다. 살아서 왔으면 맛있는 음식을 푸짐
하게 차려줄 것을 이게 무슨 꼴이람. 안타까워
긴 한숨을 몰아쉬며 영혼의 안식을 빌었다. 수
목장을 할 것인지, 바다장을 할 것인지 아니면
엄마 곁에서 평생을 존재하게 할 것인지. 그녀
는 가슴으로부터 어떤 답도 얻을 수 없었다. 일
단 집에 왔으니 바쁘게 서두를 필요가 없었다.
시간을 갖고 후회하지 않게 생각한 뒤 결정하
기로 마음먹는다. 소년이 그토록 바라던 태평
양으로 보내줘야 하겠지만, 엄마 곁에서 잠자
듯 있어도 괜찮겠다는 마음이 생겼다. 오래도
록 곁에 두고 싶은 게 그녀의 애착이다."

– 「분골」 중 일부

인용된 문장은 '애착과 해방'이라는 애도의 두

축을 동시에 안고 있다. 작가는 아들을 바다로 보내는 결단과, 그를 곁에 두고 싶은 욕망을 양가적으로 제시한다. 주목할 점은, 이 갈등이 해결되지 않은 채 열린 결말로 남아 있다는 것이다. 이러한 '미결정 상태'는 독자에게 슬픔의 지속성을 인식하게 하고, 애도의 완결이 아닌 과정으로서의 성격을 부각시킨다. 떠나보내야 한다는 이성과 붙잡고 싶은 사랑이 공존하는 장면이다. 이 '양가성'은 애도의 본질을 드러낸다. 죽은 자와의 관계는 단절되지 않으며, 오히려 그 관계는 남은 자의 내면에서 계속해서 변주되고 재구성된다.

작가는 애도의 과정이 반드시 끝나야 하는 것이 아니라, 시간이 흐르며 점차적으로 감정이 스며들고, 그 감정이 변화하는 일종의 '흐름'임을 제시한다. 이러한 과정 속에서 죽음은 단순한 끝이 아니라, 살아남은 이들 마음속에서 살아 숨쉬며 존재한다. 이 '미결정'은 갈등을 넘어, 사별한 자를 기억하고 그리워하는 문화적 연속성을 상징한다. 그리움과 애착은 시간 속에 여전히 살아있으며, 그들을 기억하는 방식은 각기 다르지만 공통적으로 '그리움의 미완성'으로 이어진다. 이러한 마음의 자리는 결코 채워지지 않으며, 그 빈자리는 각기 다른 방식으로 애도와 사랑의 형태로 계속 존재한다.

작가는 상징적인 꿈을 통해 자연으로 회귀한다. 자기중심에서 벗어나 더 넓은 세계로 흘러가는 과정을 보여준다. 「태평양으로 보내줘」에서 이를 확인할 수 있다.

"소년의 장례식은 1992년 8월 초 서울대학교에서 치뤄졌다. 그녀는 해마다 추모식을 위해 서울을 방문할 때였다. 10년째 되던 기일을 위해 서울 가기 전 날밤 아들을 꿈에서 만난다. 산등성에 있는 무덤 속이 뜨거워 고통스럽다고 한다. 불 화산 같다는 것이다. 제발 태평양 바다로 보내달라고 통사정했다. 죽은 사람이 무덤 속에서 못 살겠다니, 무슨 의미일까. 개꿈이라 생각하고 잊어버리기에는 생생히 기억되는 선명한 꿈이었다. / 그녀의 갈등이 시작됐다. 한국으로 가는 비행기 안에서 꿈의 내용을 고민한다. 무덤을 없애고 화장해서 바다로 보내 달라는 뜻인 것 같았다. 갇힘이 없는 출렁이는 바다에서 좋아하는 서핑을 하며 지내고 싶다는 뜻이 아닐까. 소년은 끝없이 밀려오는 파도를 신나게 탈 수 있을 터이다."

– 「태평양으로 보내줘」 중 일부

여기서 꿈은 단순한 환상이 아니라, 무의식이 건네는 '의례적 요청'으로 기능한다. 바다로의 귀환은 물질적 매장의 경계를 해체하고, 자연과의 융합을 통한 자유의 은유로 읽힌다. 특히 '서핑'이라는 구체적 이미지가 생전의 취향과 사후의 희망을 연결하며, 죽음의 서사를 활기찬 운동감으로 전환시킨다. 이 꿈 속 요청은 상상 이상의 '해방의 의례'를 예고하며, 무덤에 갇힌 존재를 자유롭고 열린 자연 속으로 풀어내려는 갈망을 드러낸다.

바다는 인류 보편의 귀환 상징으로, 끝없이 밀려오는 파도는 존재의 순환과 지속성을 나타낸다. 서핑은 죽음을 넘어, 생전의 즐거움과 자유로움을 사후에도 이어가려는 희망의 표현이다. 이는 죽음을 억압이 아닌, 해방과 변형의 순간으로 재정의하는 인도적 상상력의 일환이다. 이 상상력은 단지 육체의 소멸을 받아들이는 데 그치지 않고, 존재가 자연과 순환하며 끝없이 흐른다는 철학적 성찰로 확장된다. 죽음은 끝이 아니라, 새로운 형태로 계속 살아 숨 쉬며 이어진다는 가능성을 제시한다. 이를 통해 작가는 삶과 죽음의 경계를 넘어서, 존재의 해방과 자연과의 깊은 연계를 꿈꾸는 모습을 그려낸다.

작가는 미국 사회의 현실을 풍자한다. 선한 뜻으로 세운 장학재단과 기부가 때로는 제도와 충돌할 수 있음을 보여준다. 고통 속에서도 그녀는 나눔을 멈추지 않았다. 「무덤까지 찾아가는 세금」에서 확인할 수 있다.

"한국에서라면 선한 일을 한다고 신문에 나

거나 칭찬받을 일이 아닌가. 미국은 세금 거두
어가는 일에 혈안이 되어 있는 나라다. 세금 감
사에 걸리면 무덤까지 가서 받아낸다는 떠도는
말이 생겼을 정도다. 세금만큼은 참으로 무서
운 나라가 미국이란 생각이 들었다. 그녀는 장
학재단 운영에 대한 회의를 느꼈다. 세금 감사
가 끝난 뒤 재단에 남은 잔고를 클레어몬트 신
학대학원에서 운영하는 장학재단으로 넘겼다.
차라리 학교에서 관리하는 것이 좋겠다고 판단
해서였다."

– 「무덤까지 찾아가는 세금」 중 일부

작가는 이 대목에서 개인적 상실과 제도적 폭
력을 병치시킨다. 장례와 기부라는 윤리적 행위
가 행정·세제 시스템에 의해 훼손되는 아이러
니는, 현대 자본주의 사회의 냉혹함을 드러낸다.
특히 '무덤까지'라는 과장적 표현은 블랙 유머와
사회 비판이 결합된, 이향영 문체의 새로운 이면
을 보여준다. 제도와 선의의 충돌은 현대 사회가
가진 구조적 모순을 적나라하게 드러내며, 그 모

순 속에서도 인간의 선한 의도가 어떻게 왜곡되고 짓밟히는지를 절망적으로 묘사한다.

그러나 작가는 제도의 냉혹함과 개인의 실망이라는 이중의 상흔 속에서도 나눔을 중단하지 않는다. 이 지점에서 기부는 더 이상 단순한 경제적 이전이나 자선의 제스처로 그쳐서는 안 된다. 그것은 불완전한 사회 구조 속에서도 인간 존엄과 상호부조의 가치를 지켜내려는 지속적인 행위로 승화된다. 나아가 기부는 사랑의 품격으로 빚어진 초월적 슬픔의 미학을 내포한다. 이 미학은 고통과 실망 속에서도 인간의 아름다운 의지를 굴하지 않게 하며, 그 사랑의 행위 자체가 사회의 모순을 넘어서는 힘이 된다.

기부의 행위는 제도적 한계와 충돌하면서도 그 자체로 초월적인 공동체의 결속을 재확인하는 실천적 선언이다. 여기서 인간은 제도의 냉혹함에 굴복하지 않으며, 삶과 죽음, 상실과 나눔을 초월적 슬픔의 과정으로 승화시킨다. 이는 한 개인의 윤리적 결단이 공동체적 미래를 견인하는 힘임을 보여준다. 이향영의 문체는 사회적 비판을 넘어서, 우리가 살아가는 사회의 구조적 모순을 직시하며, 그 속에서 인간다움을 지키기 위한 무한한 싸움을 그려낸다. 그 싸움은 결국 사랑의 형태로 세상을 변화시킬 수 있다는 희망을 품고 있다.

2. 삶과 문학, 예술과 기부의 통합적 완성

"고통은 나누어야 치유된다."

이향영에게 이 말은 단순한 심리적 통찰이 아니라, 창작과 삶의 원동력이다. 작품 속 PAUL EUBIN LEE의 흔적은 단편적 기억이 아닌, 문학적 · 도덕적 · 사회적 전이를 가능하게 하는 매개다. 「먼 길」에서의 유골 포옹, 「태평양으로 보내줘」에서의 꿈속 요청, 「분골」에서의 애착과 해방, 「영문소설」에서 전달된 메시지는 사랑과 기억, 책임과 연대를 연동시킨 살아 있는 상징이다.

유빈의 흔적은 '기억의 공동체'를 형성하는 축

으로 작동한다. 상실의 경험을 개인적 슬픔으로
만 머물게 하지 않고, 타자와 사회, 후대와 연결
시키는 윤리적 · 문학적 힘으로 확장한다. 이는
사적 애도의 기록이 곧 공동체적 유산으로 전환
되는 과정을 생생하게 보여준다.

삶이란 결국 남긴 것의 향기로 존재하는 법이
다. 작가가 말하는 향기란 나눔이고, 용서이며,
결국은 사랑이다. '미움보다 사랑이 오래 남는다'
라고 했던가. 기부와 예술의 본질이 무엇인지 묻
는 이 시대에 가장 단순하면서도 심오한 울림이
라 할 수 있다.

이향영은 단지 '슬픔을 극복한 자'가 아니다.
그녀는 고통을 공유하고, 상처를 치유하며, 예술
을 통해 죽은 자를 다시 살아 있게 만드는 행위
자적 예술가이다. 기부 천사로서 그녀는, 자신의
삶과 재산을 수많은 곳에 나누었지만, 그 무엇보
다 귀한 것은 그녀가 자신의 시간과 언어를 세상
에 기증했다는 점이다. 그리고 그것은 문학이 더

이상 말로만 존재하지 않게 하는 '행위의 문학'을 가능하게 했다

『별에서 온 소년』은 자전적 체험에 뿌리를 두고 있지만, 그것을 진솔한 서사로 바꾸는 데 성공한 작품이다. 이향영은 한 여성의 모성과 신앙, 교육과 예술, 나아가 이민자로서의 사회적 책무까지 교차시키며, 슬픔의 극복이 곧 창조의 출발임을 증명해낸다. 이 작품은 슬픔에 머무르지 않고 삶을 재건하려는 진한 울림과 용기를 준다.

죽음을 맞이해도 남은 자의 시간은 계속된다. 그 시간을 기억하는 방식 「추념追念」을 통해 확인할 수 있다.

"모든 것이 한순간에 물거품이 되었다. 서울로 연수를 보냈던 로스앤젤레스 공항이 아들을 본 마지막 공간이 될 줄이야. 그녀는 부지불식간에 로스앤젤레스 국제공항 쪽으로 차를 몰고 있는 자신을 발견하고 크게 당황했다. 마지막

정담을 나누던 공항의 카페테리아를 뒤지며 아
들의 흔적을 찾아 헤매었다. 당시 그녀의 정신
이 온전치 않았었으니까, 아마도 소년의 환상
을 따라갔을 터이다.”

—「추념追念」 중 일부

물리적 장소는 공간적 좌표를 넘어, 개인의 상
실과 애도의 서사를 품는 '기억의 저장소'로 변모
한다. 공항이라는 장소는 원래 이별과 만남이 교
차하는 경계적 성격을 지니지만, 작가에게는 잃
어버린 존재를 소환하는 내면적 제단으로 재구
성된다. 이 장면은 장소가 어떻게 개인의 서사와
결합하여 '기억의 성소'가 되는지를 보여주며, 나
아가 사랑과 상실의 경험이 인간 보편의 정서와
인류학적 기억 속에 어떻게 새겨지는지를 언술
한다.

여기서 '추념追念'은 단지 과거를 회상하는 정서
적 행위가 아니라, 상실된 존재를 현재 속에 다
시 불러들이는 일종의 의례로 작동한다. 그것은
시간의 흐름 속에 파묻힌 기억을 끄집어내어, 지

금-여기에서 다시 살아 숨 쉬게 하는 애도의 행위이자, 삶의 연속성을 회복하려는 실존적 몸짓이다. 작가는 무의식중에 그 장소를 향해 나아감으로써, 비가시적 슬픔을 가시적 공간 안에 새겨 넣는다.

그녀가 찾는 것은 단순한 물리적 흔적이 아니라, 시간 너머의 존재와 다시 접속하려는 마음의 통로이며, 그것은 인간이 겪는 모든 상실과 그리움의 근원적 방식과 맞닿아 있다. 이러한 공간-기억의 접합은 사적인 추억을 넘어, 누구나 공감할 수 있는 보편적 감정의 지형도를 그려낸다. 작가는 이처럼 고통스러운 기억을 통해 인간 존재의 연약함과 끈질긴 사랑을 동시에 증명하며, 기억이라는 행위가 어떻게 애도를 지속시키고, 나아가 인간다움의 본질을 회복하게 하는지를 섬세하게 드러낸다.

작가는 보이는 것이 전부가 아닌 삶을 터득한다. 「부화浮華」를 통해 확인할 수 있다.

"그런데 남은 생을 무슨 일을 해야 할지 막막했다. 사업을 정리했으니 사람들과 부딪치지 않을 조용한 삶을 결심했지만, 마음은 유빈을 따라가고 싶었다. 하지만 그럴 수는 없었다. 숨진 그의 몫을 대신해 잘 살아주는 게 어미 된 도리가 아닌가. 그 어떤 사유도 새로운 소망을 선물해 주지 않았다. 그녀의 몸이 천근만근 무거웠다. 인간은 비전과 꿈을 먹고사는 존재가 아닌가. 그녀의 꿈이고 희망이었던 폴, 친구이고 연인 같았던 유빈이었다. 보고만 있어도 행복했던 그를 잃고 무너져 버린 일상을 어떻게 소생시킬 것인지. 그녀는 마음을 추스르고 일어날 돌파구를 찾아야만 했다. 참으로 끝이 보이지 않는 방황이었다."

– 「부화浮華」 전문

개인적 상실은 여기서 사적 비극에 머물지 않고, 부재한 이를 대신해 살아내야 하는 '대리 생존'의 결단으로 승화된다. 이 결단은 가족애의 범주를 넘어, 타인의 삶까지 품으려는 인류애적 책무로 확장되며, 상실의 고통을 공동체적 윤리로 전환하는 장면을 보여준다. 그럼에도 불구하고, 그녀가 직면한 것은 단지 '다시 살아야 한다'는 명령이 아니다. 그것은 무너진 일상을 일으켜 세우는 복잡한 윤리적 실천이다. 상실의 고통 속에서, 죽음을 넘어 타자의 몫까지 이어 나가려는 이 '대리 생존'의 결단은, 인간 존재가 단지 개인의 꿈과 비전만으로 완결되는 것이 아니라, 타자와의 연대 속에서만 그 의미가 완성된다는 깊은 진리를 제시한다.

그녀의 여정은 단순한 회복이 아니라, 상실을 품은 채, 그 상실을 통해 타인을 위한 새로운 삶의 길을 개척하는 과정이다. 이는 절망과 고통 속에서도 인간이 어떻게 연대의 윤리를 통해 재기하고, 의미를 재구성할 수 있는지를 보여주는 인류학적 실험이라 할 수 있다. 타자의 존재를 이어 나가는 책임 속에서, 그녀는 '죽음'이라는 절대적 단절을 넘어서 생명과 존재의 연속성을 경험하게 된다. 상실이 단절이 아니라, 그 상실 속에서 생겨나는 새로운 삶의 동력이 되는 것이다.

작가는 이 과정을 통해, 인간 존재의 불완전함과 그 불완전함 속에서 나오는 상호 의존적 힘을 드러낸다. 인간은 단독으로 살아가는 존재가 아니라, 끊임없이 서로를 의지하며, 상실 속에서도 다시 살아갈 힘을 주고받는 존재임을 보여준다. 결국, 그녀의 이야기는 연대와 책임, 사랑과 희생이 얽히는 복잡한 윤리적 공간에서 어떻게 인간이 계속해서 '삶'을 창조해 나갈 수 있는지에 대한 진지한 탐구로 다가온다

'시는 사랑이고 인생'이라 했던가. 「조병화 시인」에서 확인할 수 있다.

"이 선생, 소설을 쓰시오. 시나 산문도 좋으나 체험소설이 힘이 있으니 소설을 써서 한국의 젊은이들과 엄마들에게, 누구나 쓸 수 없는 이 아름다운 사랑 이야기를 꼭 읽게 했으면 좋겠소." / "네 선생님, 힘들어도 해 볼게요. 선생님, 권면해주셔서 감사합니다."

— 「조병화 시인」 중 일부

여기서 문학은 더 이상 개인적 서정의 영역에 머물지 않는다. 그것은 한 인간이 겪은 사랑과 상처, 그리고 회복의 이야기가 세대를 넘어 전해지는 '삶의 증언'이자 집단적 기억의 유산으로 승화되는 과정이다. 작가가 기꺼이 수락한 이 권유는, 자기 경험을 타자와 공유함으로써 삶의 고통을 인류 공동의 자산으로 전환하는 행위이며, 이는 곧 문학이 지닌 치유와 연대의 궁극적 힘을 피력한다.

문학은 그 자체로 언어의 아름다움이나 형식적 완성도가 아닌, 인간 존재의 보편적 아픔과 기쁨을 나누는 장치가 된다. 그 안에서 사랑은 개인적 소유물이 아니라, 누구나 공감할 수 있는 삶의 근원적 힘으로 확장된다. 작가의 경험은 이제 자신의 내면을 넘어, 타인과의 연대 속에서 다시 태어나는 창조적 에너지로 변모한다. 이러한 과정은 단지 문학적 성취를 넘어, 고통의 치유와 희망의 재생산이라는 깊은 윤리적 소명을 담고 있다.

이 권유를 수락한 것은 단순히 문학을 위한 문학이 아니다. 그것은 상처받은 존재가 타인에게 희망을 전하고, 고통 속에서 다시 일어설 수 있도록 돕는 연대의 실천이다. 작가가 자신을 드러내며 그 아픔을 문학으로 승화시키는 이 과정은, 모든 독자가 공유할 수 있는 집단적 치유의 경험으로 향하는 길을 연다. 결국 문학은 개인적 아픔을 초월하여, 보편적 인간 경험의 통로가 된다.

작가에 있어 애도는 부활을 *꿈꾸는* 소망의 꽃이다. 「애도, 영혼의 꽃잎으로」를 통해 확인할 수 있다.

"그녀의 인생은 시련을 겪으면서 삶을 재조명하게 된다. 생의 폭풍우는 남은 날을 위한 값진 변곡점이 되었다. 마지막 가는 길 위에서 소년의 몫까지 더 성실히 살아야겠다고 다짐하는 그녀의 얼굴에 환한 꽃 그림자가 번진다. 갸륵한 삶은 귀천도 순리로울 터. 언젠가 그날이 오

면 영혼의 꽃잎으로 날아 그의 곁으로 올라가
게 될 꿈을 꾼다. 그녀는 그렇게 믿는다. 믿음
은 바라는 것들의 실상이라 했으니(히브리 11:1)
/ 그날까지, 그녀는 시간을 아끼고 사랑하며 살
려고 한다. 그분의 우주적인 사랑 안에서 형제
자매 친구들과의 우정 그리고 이웃과 지역사회
를 위해 이바지하며 살고 싶은 그녀다. 소년이
중고등학교 때 아르바이트로 모은 정성으로 불
우이웃을 도왔던 것처럼. 푸른 별에서 와서 푸
른 별로 돌아간 소년. 그녀는 먼저 간 살붙이를
깊이 애도하고 떠나보낸다. 이별은 만남을 예
비하기에. 더 좋은 천국에서 다시 만날 날을 그
리며….”

– 「애도, 영혼의 꽃잎으로」 중 일부

성서 구절과 시적 비유가 결합하며, 애도의 종
착지를 '종교적 부활'로 설정한다. 이는 서양 기
독교적 종말론과 동양적 순환관이 은연중에 만
나는 지점이다. '꽃잎'이라는 부드러운 이미지가
사후 재회를 향한 간절한 의지를 감각적으로 매

개한다. 기독교 신앙과 보편적 인류 희망이 맞닿는 장면이다. '영혼의 꽃잎'은 죽음을 넘어선 재회의 은유이며, 종교적 경계 너머로 휴머니티가 지향하는 궁극적 화해를 제시한다.

이 장면은 죽음과 부활의 경계를 넘나드는 인류의 보편적 소망을 상징한다. '꽃잎'은 단순히 사라지는 것이 아니라, 다시 피어나며 새로운 삶을 향해 나아가는 상징적 이미지로 자리 잡는다. 이는 죽음 이후의 삶에 대한 희망과 믿음을 넘어서, 존재가 끝없이 순환하며 다시 만날 수 있다는 깊은 영적 신념을 품고 있다. '영혼의 꽃잎'은 마치 하늘로 날아가는 새처럼, 사랑하는 이의 영혼이 언젠가 다시 그리운 이의 곁으로 돌아가기를 바라는 간절한 미학적 장치다.

이러한 미학적 장치는 죽음에 대한 두려움을 넘어, 오히려 그 너머의 희망과 사랑의 부활을 꿈꾸게 한다. 고통과 상실을 겪으며 내면에서 성장하는 이 여정은, 궁극적인 화해와 재회라는 아름다운 목표를 향해 나아가는 하나의 영적 회복을 나타낸다. 결국, 애도는 단순한 슬픔의 과정이 아니라, 사랑과 희망을 담보한 지속적인 노력이며, 모든 것이 서로 이어지고 순환하는 우주적인 진리에 대한 믿음으로 종결된다.

작가는 창작과 기억의 접점, 영문소설을 쓰면서 아들의 존재를 복원하려고 시도한다. 「영문소설」에서 이를 확인할 수 있다.

"라이언 교수가 일차 교정을 마치고 작은 책자를 만들었다. 학생들에게 소책자를 나눠주고 가르치며 그들의 반응을 관찰한다. 학생들의 감동이 컸다. 그녀에게 학생들의 위로와 감사의 편지가 끊임없이 날아왔다. 무엇보다 보람을 느꼈던 게 학생들의 낙관적인 편지 내용이었다. 그녀의 책에서 얻은 모티프와 기백으로 어떤 어려움도 맞서겠단다. 책의 주인공처럼 인내와 도전정신으로 목적이 있는 삶의 자세를 가지고 행동으로 실천하겠다고 했다. 대학생들의 편지를 읽으며 힘들었던 것만큼 보람된 의미의 무게를 느꼈다. 그녀는 다짐한다. 다른 이

들과 청년들의 좋은 롤모델이 되는 삶이, 폴의
인생을 조금이나마 대신하게 되는 것이라고.
소년의 짧았던 삶은 오로지 남을 위한 무가지
보였다고 말하고 싶다."

－「영문소설」중 일부

한 개인의 짧았으나 강렬했던 생이 타인의 미
래를 밝히는 등불로 전이될 때, 죽음은 더 이상
허망한 소멸이 아니다. 작가는 상실의 비탄을 창
조적 에너지로 승화시켜, 교육과 문학이라는 매
개를 동해 ㄱ 생애를 타자 속에 영속화한다. 이
는 곧 애도의 정서가 인류애적 순환으로 변모하
는 순간이며, 삶과 죽음의 경계를 넘어서는 기억
의 윤리이자 창작의 궁극적 소명이라 할 수 있
다.

이 과정에서 죽음은 끝이 아니라, 그로부터 파
생된 새로운 삶의 의미로 변환된다. 폴의 존재는
더 이상 사라지지 않으며, 그가 남긴 가르침과
의지는 타인의 삶 속에 살아 숨 쉬는 존재로서
지속된다. 문학과 교육은 그의 생애를 기억하는

것에서 나아가, 그를 통해 다른 이들이 변화하고 성장하는 힘을 발견하게 한다. 그가 남긴 어두운 시간의 깊이를 빛으로 승화시키는 힘은, 바로 타인과의 연대와 나눔에서 비롯된다.

작가는 이처럼 상실을 창조적 회복으로 변모시키며, 자신의 고통을 다른 이들에게 희망과 영감을 전하는 창구로 삼는다. 이 작업은 애도와 창작의 경계를 허물며, 폴의 짧은 삶을 영원히 살아 있는 존재로 만들기 위한 예술적, 인간적 사명을 다하는 것이다. 결국, 그의 삶은 단지 과거의 상실이 아니라, 미래를 위한 지침과 등불이 된다.

미움보다 사랑이 오래 남는다. 「마지막 정의」에서 이를 확인할 수 있다.

"여러 가지 일로 바빴다. 유빈을 더 이상 용인의 산등성에 그대로 방치해 둘 수 없었다. 용인에 계신 권 목사는 몇 년 전부터 폴의 천묘 문제를 도와주기로 약속하셨다. 권 목사는 수십

년 전부터 그녀 모자의 교육 조언자였다. 30년
넘게 로스앤젤레스에서 목회하셨던 분이 용인
의 모 대학에 총회장으로 와 계셨다. 이해가 가
지 않는 일이었다. 마치 그녀의 일을 돕기 위해
권 총장은 미리 용인에 와 계시기로 예정된 분
같았다. 참으로 믿어지지 않았다. 결코 우연이
아니었다. 권 총장이 그곳에 계셨던 것은, 소년
의 마지막 길을 인도해 주기 위한 그분의 배려
였다고, 그녀는 사랑이라 정의를 내렸다."

– 「마지막 정의」 중 일부

이 짧은 문장은 작품 전체의 주제를 압축하는
'결정적 선언'이다. '정의'라는 단어가 법률적 ·
도덕적 함의를 넘어, 개인적 체험 속에서 '사랑'
과 등치되는 순간, 독자는 비로소 이 소설이 애
도의 기록을 넘어, 가치 재정의의 서사라는 사실
을 깨닫게 된다. 정의를 사랑으로 규정하는 것은
인간 존재의 윤리적 근본을 찾아가는 과정이다.

작품은 단순한 법적 판단을 넘어서, 인간관계
의 본질을 탐구하며, 궁극적으로 사랑이 모든 갈

등과 고통을 초월하는 유일한 해답임을 제시한다. 정의가 사랑으로 변형되는 순간, 그것은 관념적 진리가 아니라, 실천적 삶의 태도로 변화하며, 인류 보편의 이상을 향한 깊은 통찰을 보여준다.

작가는 이 선언을 통해, 사랑이 결국 인간과 인간을 이어주는 근본적인 힘임을 증명하며, 애도의 서사는 상실의 이야기로 그치지 않고, 보편적인 인간의 삶과 윤리로 확장된다. 이로써, '사랑의 서사시'는 작품의 끝을 장식하며, 삶과 죽음의 경계를 넘어서는 새로운 의미를 부여한다.

작가는 세상의 미움과 불안 속에서도 사랑을 선택하는 '용기'를 보여준다. 이는 패기이자 그녀의 '신앙'이다.

『별에서 온 소년』은 상실의 기록이자 부활의 선언이다. 애도는 폐쇄적 사적 감정이 아니라, 세상과 나누는 '꽃다발'이 된다. 꽃잎에는 고통을 견디고 사랑을 선택한 인간의 휴머니티가 묻어 있다. PAUL EUBIN LEE의 흔적은 이러한 휴머니티의 중심에 놓이며, 살아남은 자의 삶과 선택, 창작과 나눔을 지속적으로 연결한다.

작품의 결론은 단순한 위로가 아니라, 존재의 윤리와 사랑의 지속성을 묻는다. 유빈의 흔적을 기억하며 살아가는 행위는, 미움보다 오래 남는 사랑의 현실적 구현이다. 그의 생과 죽음이 남긴 '흔적'은, 삶과 죽음을 잇는 기억의 힘을 증명하며, 인간 존재가 타자의 몫까지 포함하여 재구성될 수 있음을 보여순다.

모든 여정 – 먼 길, 바다로의 귀환, 제도와의 충돌, 기억의 재구성 – 은 결국 사랑의 지속성과 존재의 흔적을 증언하는 '초월적 서사'로 완성된다. 작품이 우리에게 남기는 물음은 간단하면서도 깊다.

"당신의 사랑은 어느 패기로 기억되기를 바라는가?"

그 물음 앞에서, 우리는 작가처럼 대답한다.

"마음 다져 살아가는 한, 미움조차 사랑이 됩니다."

PAUL EUBIN LEE의 흔적은 이 대답을 가능하게 하는 문학적 · 윤리적 근거이며, 삶과 죽음을 넘어서는 기억의 윤리와 창작의 궁극적 소명을 보여주고 있다.

"아들이 생전에 했던 불우이웃돕기를 엄마가 아들의 이름으로 대신 하겠다"고 실천하고 있는 이향영의 기부 정신을 요약하면 다음과 같이 정리할 수 있다.

첫째, 삶을 다시 쓰는 '행위로서의 문학'이란 점이다. 이향영 작가에게 기부는 단지 재산을 나누는 행위가 아닌, 문학이 지닌 실천성과 윤리를 현실 속에서 구현하는 하나의 방식이다. 그는 소설 속에서 인간의 고통과 상처를 응시해 왔고,

현실에서는 그 상처를 치유하고 껴안는 실천의 행위로 기부를 선택했다. 즉, 글쓰기와 기부는 삶을 향한 동일한 책임감의 표현이다.

둘째, 기억을 나누는 기부를 아들 '폴 유빈'의 이름으로 남긴다. 서울대 기숙사에서 감전 사고로 세상을 떠난 아들, 폴 유빈의 죽음은 단지 한 개인의 비극에 머무르지 않았다. 이향영 작가는 그 기억을 사적인 슬픔으로 봉인하지 않고, 공적인 사랑으로 확장했다. 아들의 이름으로 기부하고 상학 사업을 이어가는 깃은, 죽은 자를 기억하는 동시에 살아 있는 이들을 살리는 길이다. "유빈이는 떠났지만, 그 이름으로 다시 누군가가 배움을 얻고, 살아갈 수 있다면, 그것이 내 아들에게 주는 최고의 헌사이자, 나의 삶을 다시 쓰는 방법"임을 역설하고 있다.

셋째, 기부는 타인에 대한 '문학적 응답'이다. 이향영 작가는 인간의 고통에 응답하는 방식으로 문학을 택했고, 이제는 기부를 통해 현실의 고통에 직접 응답하고 있다. 기부는 낯선 타인에게 다가가는 따뜻한 말 걸기이며, 존재에 대한 가장 근본적인 윤리적 응답이다. 이는 고대 헬라의 이상처럼 자기 영혼을 고양하는 도덕적 실천이자, 이집트인들의 믿음처럼 신을 향한 경배의 형태이기도 하다.

넷째, '내 것이 아닌 것'을 다시 돌려주는 철학을 구현하고 있다. 이향영의 기부는 '재물은 내가 잠시 맡은 것일 뿐'이라는 가치관 위에 서 있다. 이는 현대 자본주의적 소유 개념과는 다른 철학적 입장으로, 자신에게 허락된 것들을 다시 사회로 환원하는 순환의 윤리이자, 겸허한 삶의 자세를 반영한다. "나에게 온 것은 내 것이 아니다. 그저 잠시 빌려 쓴 것일 뿐. 돌려줄 시간이 온 것이다."

다섯째, '기부 천사'가 아닌, '기억의 작가'로서 재생시키고 있다. 언론은 그를 '기부 천사'라 부르지만, 이향영 자신은 그 표현보다 '기억을 나누는 작가', '작은 사랑을 실천하는 인간'으로 불리기를 원한다. 그의 기부는 찰나의 선행이 아니라, 삶을 통해 계속 써 내려가는 하나의 이야기이자, 문학과 인간의 연결이다.

결국 이향영의 기부 정신을 정의하면 다음과 같다.

"기부는 사랑을 다시 쓰는 문장이고, 인간 존재를 되묻는 응답이며, 상실을 넘어선 삶의 재건이나."

별에서 온 소년

초판인쇄 ㅣ 2025년 10월 03일
2쇄 발행 ㅣ 2025년 10월 10일

지 은 이 ㅣ 이향영
펴 낸 이 ㅣ 배재경
펴 낸 곳 ㅣ 도서출판 작가마을
등   록 ㅣ 제 2002-000012호
주   소 ㅣ 부산시 중구 대청로141번길 3, 501호 (중앙동, 다온빌딩)
         T. 051)248-4145 F. 051)248-0723 E. seepoet@hanmail.net

ISBN 979 - 11 - 5606 - 290-5 03810   정가 15,000원

※ 본 도서는 2025년 한국예술복지재단의 지원을 받았습니다.

ㅅㅅ/ 한국예술인복지재단